LOVER CONSTITUTION

UEDA RUI

上田塁

愛人体質《あいじんたいしつ》

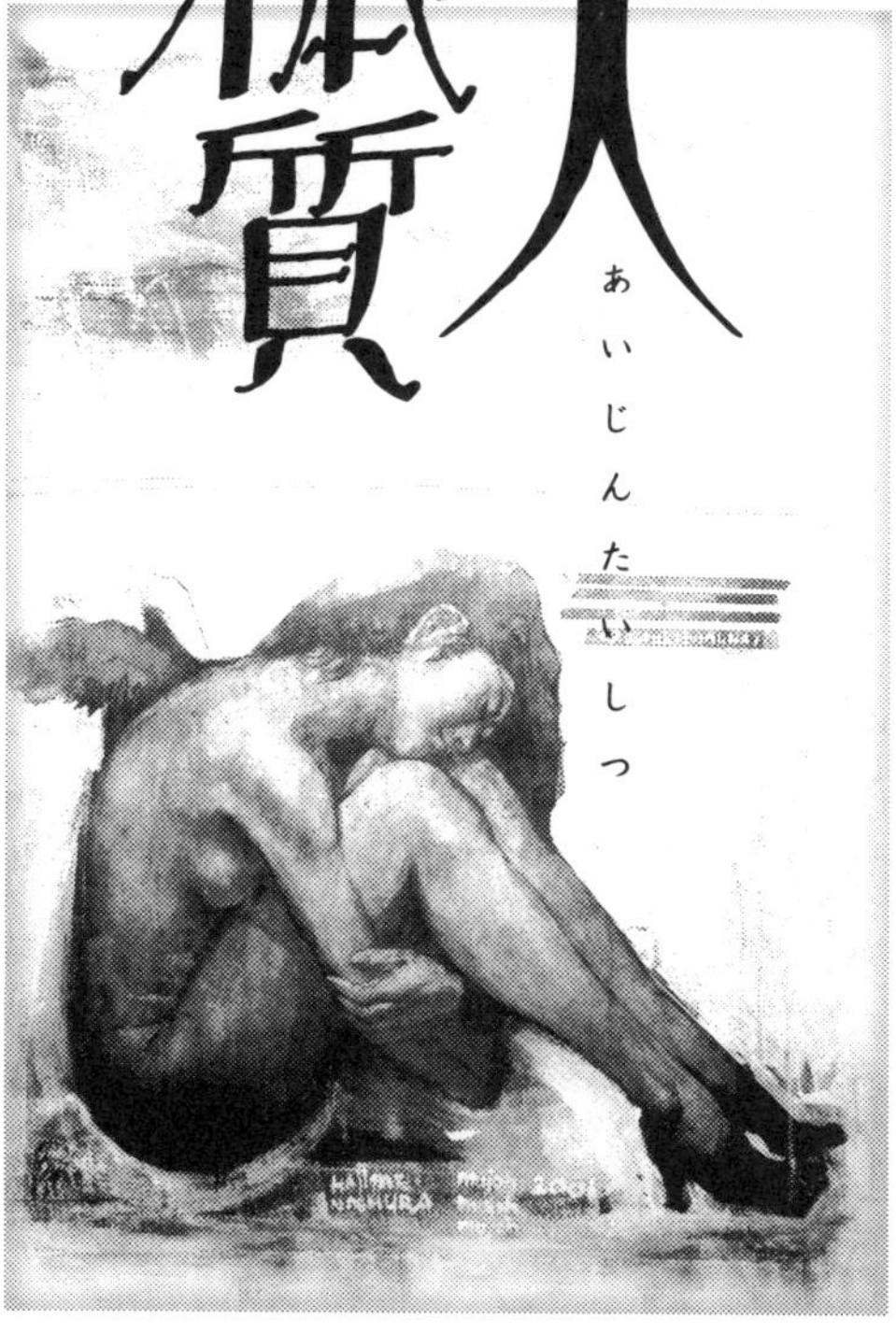

文芸社

プロローグ

男に抱かれたまま、才華《さいか》はがけを転がり落ちていく。途中の出っ張った石や木の枝にぶつかるたびに、男の身体からは変な音がした。男は何もいわなかった。才華は男の身体に完全に守られたまま、回転する周りの景色をうっとりと眺めている。彼の身体からは優しい匂いがしていた。

才華は助かり、男は死んだ。

一

英語塾の仕事のあと、才華は近くのカフェでワッフルを食べていた。

ステンドグラスの窓から外の日差しは推し量れないが、午後四時という時間では、まだ猛烈な熱気が、アスファルトから靴を通して人々の身体を徐々に蝕んでいるはずだ。

「いつまでも暑いわねえ、お盆も過ぎたというのに。埼玉も暑かったけど、ここほどじゃないわ」

斉木麻理《さいきまり》が前に座っている。

先日夫の実家から戻ってきたばかりだ。彼女と子供たちは毎年帰省するのだが、夫のほうは仕事の都合で帰らないときもあるらしい。

もっとも今年は才華と会っていたのだが……。

「えらいわ。私なんか夫の両親とは結婚式のとき会ったきりよ」

そういって、才華はタバコを取り出した。麻理の話題は家庭のことばかり。彼女の家族と微妙にかかわっている才華はタバコで心を落ち着かせたかった。麻理はワッフルにフォークで生クリームとイチゴを苦心してのせている。

「ふうん、いいわねえ、アメリカ人の夫って」

そういいながら麻理は身体をかがめ皿に口を近づけて、ワッフルをぱくりと放り込んだ。人前でみっともなく食べることに、どうして彼女は平気なのだろう、と才華は思う。

「だってさ、あっちは日本みたいに嫁姑しなくていいし、お盆やお正月のばからしいごたごたがないんだから」

「そうかしら」

才華は煙を吐き出した。「そうでもないわ」といえないのは、本当にそうではないからだ。

「ややこしい行事はないけどね、でも彼、しょっちゅう両親にメールしてるわよ。愛してるとか、ママ、元気でね、とか。誕生日だとかクリスマスはプレゼントもかかさないし」

「そうかあ。そのへんはアメリカ的だわね。まあ、それくらいですむんならいいじゃない。私なんか、おさんどん全部してあげて、その費用全部こっち持ち、そのうえお金も置いて帰るのよ。一度してあげたらすっかりあたりまえになっちゃって。あっちのほうがお金持ちなのにね」

麻理のくたびれた主婦の体型を目のあたりに見ていると、さすがに才華も気の毒になる。

子供の一人はひどい反抗期だし、そのうえ夫ときたら。

「ああ、夕飯の材料買って帰らなきゃ。子供たちもそろそろ部活から帰るころだしね。毎日毎日ほんとにいやになるなあ」

子供がいる女独特の表情を、麻理はさりげなくしてみせる。子育てがいかにもめんどうだと振舞いながら、でも生物学的生き方としては産んでない女より完全に勝っているという感じ。才華は本当に子供がほしくない。どうして子供を産んだ女は、女というものは子供をほしがる生き物だと思い込むのだろう。しかし、ここはあたりまえに反応してあげるしかない。それが麻理に多少なりとも勝利の気持ちを与えることになるだろうから。

「子供さんがいるから張りがあっていいじゃないの。私なんか、家に戻っても夫は英語の授業中だし、することがないからメールでも開いて時間つぶすしかないんだから」

「そうかあ。あなたは時間がありあまっているのね」

麻理はハンドミラーに顔を映し目元を確認しながら才華をちらっと見た。

「羨ましいわ。なんでもできるってわけね」

ＣＤを探すからと、カフェの前で麻理と別れた。彼女との付き合いは一時間がやっとだ。

罪悪感で居心地が悪くなるということもあったが、話が退屈そのものだった。彼女の人生は退屈だ。本当につまらない。あのままでは、じきに更年期に襲われる。才華より二歳も若いのに、塾の生徒からは「おばん」という陰口が聞かれる。背中を丸め、首を突き出したような歩き方だけでもやめたら、少しは若々しく見えるのに。

CDショップでREMのアルバムを選んでいるとき、斉木宏《ひろし》から携帯にメールが入った。

「何してるの？　今週はいつがひまかな？　僕はいつでもオーケー。好きだよ」

彼独特の、屈託のない明るい文章。

小さな胸の痛み。私はそんなに好きじゃない。才華はメールを削除する。今週は斉木とは会いたくない。別れたばかりの友人の目じりに刻まれた不安そうなしわが目に浮かぶ。髪の毛に混じった白髪が、手入れする時間のないむき出された肩の鈍い光が才華をひどく傷つけている。今週会わなかったらすむ問題ではない。でもともかく今週は宏とは会わない。おうちに帰ってあげて。で、夫をしてあげて。私のことは少し放っておいて。

才華はREMの「イミテーション・オブ・ライフ」を見つけ出し、視聴するためにヘッドフォンを耳に当てた。そこここでCDを選んでいる派手な出で立ちの若者が皆純粋で悪気なく見える。私はなんて人間？　友だちのご主人と浮気しているなんて。それにほんとは。

前奏が両方の鼓膜に反響し始めたとたん、才華は気が遠くなりそうになった。聞きやすいきれいなフレーズが彼女を容易に感情の深みに陥れていく。それは苦しみばかりがつのる悦楽の世界。現実の何倍も広がっていく情念の暗黒の海。

「だめなの。ほんとにだめなんだ。ほんとに折原さんが好きだから。折原さんのことしか考えられないから。折原さんに抱かれたいから」

いつから折原に会っていないだろう？　もちろん毎日数えているからわかっている。ちょうど二週間だ。なぜ折原は電話してこないの？　私と会いたくないの？　胸が苦しくないの？　私が夢中だからそのうち電話してくるって、たかをくくっているの？　そう、彼はもうすっかり私に飽きている。二年もセックスしたから、古い女などどっちでもよくなっている。私が電話を我慢しているのをいいことに、自然に縁を切ろうとしている。あんなに好きだっていったくせに。初めてこんなに好きになったって。絶対離さない、大事にするって。

いつのまにか曲が終わっていた。どんな曲だったのだろう。折原のことに考えがいき始めるといつもこうだ。彼と付き合い始めてから、アルバムの整理ができなくなった。部屋の模様替えができなくなった。クリスマスのオーナメントを見て歩かなくなった。大好きだった靴を買うことさえ億劫になっていた。以前は興味深かったことが全部たまらなく苦痛な作業になり、洗濯とか掃除とか、何も考えずにできる家事をこなすのがやっとになっていた。

軽い頭痛がする。CDショップの二階の喫茶コーナーに座って、才華はまたタバコを取り出した。最近めっきりタバコの量が増えている。コーヒーも日に四、五杯は飲む。刺激物でようやく救われているという感じだ。心のどこかにいつも折原がいて、その思いに支配されている。そして、今の才華は折原に電話するという考えから脱することができないでいる。

「だって、そろそろ連絡してもいいころじゃない？　しつこくてべたつく女ならこの期間は我慢できないはず。私は二週間我慢した。だからしてもいい。しても恥ずかしくない。彼も電話に出てくれる。元気？　っていってくれるはずよ。今日はどう？　って、私に尋ねるはずだわ。でも、もし出なかったら？　忙しいふりして無視したら？　もしかしたら切ってしまうかも。まさか。彼は私を好きなのよ。それは知っているじゃない」

悩んだあげく、才華は電話を取り出した。とめることができるはずもなかった。もう限界だった。心臓が音を立てて拍動し、指先が震える中、彼女は折原の番号を押した。

電話が呼び出しを始めたとたん、最初の後悔が襲ってきた。する前はフィフティー・フィフティーの関係だったのに、主導権を握るのはまたしても折原になったのだ。先に会いたいのを我慢できなくなったほうがよけい好きなのだから。

でも、どうして折原のときだけ、電話一本するのにもこんなに気兼ねしなくてはならないのだろう？　斉木など、ほとんど毎日メールか電話をしてくるのに。電話なんてそもそももっと気楽なものであっていいはずなのに。

繰り返されるツーツーというい やな音。もう出社時間は終わっているから電話できる時間帯のはずだった。以前してもいい時間帯を教えてくれたときに入っていた時間だもの。してもいいんだ。じゃあなぜ出ないの？　聞こえないの？　うそだわ。

才華は電話を切った。さっきの数倍の地獄が襲ってきていた。かけなかったらロマンスでごまかせた彼との交際の暗い影。男が逃げ腰。冷めかけている。騒動にならないように電話に出ないことから始めて、やんわりと足抜けを図っている。付き合いをやめるときの大人の使う手だ。自分から電話をかけなくし、会う間隔を空け、徐々に相手にわからせるという作戦。折原みたいな卑怯な人間は皆この手を使うのだ。

携帯をマナーモードにする。かかってきても出ることができないように。出てやるもんですか。私がかけたのを無視した罰だ。絶対かかってきても出ない。二度と会わない。あんな老け込んだ中年の相手なんかもうまっぴらだから。

マナーモードにするのは、本当にかかってきたら出てしまう才華だったからだ。彼からの電話を無視することなどできはしないから。なんという敗北感。恋ってなんて残酷なのだろう。

コーヒーに口もつけずに、喫茶コーナーを出た。頭痛はさっきよりもひどくなっていた。こんな気分では、ＲＥＭのＣＤなどほしくもない。今日はかわいい下着や、新しいマニキュアも買いたかったのに。今度折原と会うときかわいらしく着飾るためにほしかったのに。なぜなら折原が見るのは、結局彼女のブラウスやパンプスではない。剥がされたあとの残りだけだから。

エスカレーターで一階に下りているとき、突然バッグの中の携帯が振動し始めた。才華はとっさにそれを持ち上げる。マナーモードにした理由などもうすっかり忘れている。ぶるぶる震えている電話の画面に、折原の番号が出ていた。彼がかけてきたのだ。やっぱり、彼はかけてきてくれた。

才華はエレベーターを駆け下り、人の流れを追い越し、店の入り口あたりに置かれているベンチに飛び込むようにして座った。うれしくて涙が出そうだった。肩を揺らすほど、大きな呼吸が繰り返され、口元が自然と微笑んでいる。そして、すぐ折原にかけ直す才華がいる。

「もしもし」

「あ、電話くれた?」

低くてつややかな折原の声。

「席を外していて取れなかったんだ」

「いいの」

才華はなんだかぽつりという。どういっていいのかわからない。会いたいとだけいえたらいいのだけれどそれができない。わがままをいって嫌われたくない。電話をしなかった二週間が、耐えられないほどの時間だったことがばれたくない。

「忙しい?」

「忙しいなあ」

彼は普通にいった。この感じでは、多分会社の廊下かどこかに出ているのだろうから、あたりまえといえばあたりまえだったが、彼女は傷つく心をどうすることもできなかった。たった一言で自分の勇気が否定された感じ。これ以上何もいえなくされた最終通告みたいなもの。今日はあきらめてくれといわれたのも同然。

「君も忙しいんだろう?」

と、折原は才華の沈黙を気にしたらしく、付け足していった。

「ええ、忙しいわ」

才華はいいきった。で、そのあとに感情の塊が胸にどっと押し寄せた。

「でも、今日会いたい」

いってしまった。だが、結局はいわずにはいられない言葉だった。このために電話したのだからそういうことなのだ。相手がどう反応しようと、好きだと告白してしまう片思いの下級生のように。

「ううん、そうだなあ」

才華の目の奥に考え始めた折原の様子が浮かんでくる。才華の声を聞いて、まあ会ってもいいか、と心が動き始めた中年のまじめ人間の姿。いや、折原を厳密な意味でまじめだといえるだろうか。こんなことに二年も手を染めている折原など、自分と同罪で同情の余地なんかない。愛人に無理難題をいわれて大変だったりするのは、好いことをするための代償なのだ。それに私はこんなにかわいいのに。こんなに若々しいのに。

「遅くなるよ」

「いいわ」

「ちょっとしか会えないけど、いい？」

「いい」

「じゃあ、またあとで電話する」

電話が切れた。才華はいつのまにか下着を買うことを思い出し、マニキュアに小物入れもついでにほしくなっていた。約束を取り付けたのだ。折原と会える。今日、折原が自分を抱いてくれる。体中にキスして何度も愛してくれる。あと何時間かのちには彼のきれいな瞳をベッドの中で間近に見ることができる。

才華は折原に取り憑かれている。

折原崇《おりはらたかし》は電話を置いて再びパソコンに向かった。

画面には支社に送る新しい営業作戦が映し出されていて、それは先ほどまで自分が丹念に打ち込んでいたものだったが、電話のあとしばらくはどこまで打っていたのかわからない始末だった。

実は折原はそろそろ才華からかかってくるころだと予期していた。かかってきても出ないつもりだった。最近、仕事が煩雑を極めていてそれどころではなかったのだ。彼はいわゆる中間管理職で、会社の中でもっとも忙しい一人だ。部下の配置や、職務分担、指示系統の細部にいたるまで、彼に判断を任されていることは膨大で、片付けても片付けても湧いて出るように仕事が押し寄せてきた。夜の十時を過ぎても退社できないことはしょっちゅうである。加えて部長や次長からの飲み会の誘い。これは社内の伝統からも上昇志向の強い折原個人としても決して断れない仕事の一部だ。折原は今まさに働き盛りで、ここ数年の業績が自分の将来を占うといっても過言ではない。なのに、二十数年ひとつの企業の低層部で耐え忍んできたことがようやく実りかけている矢先に、彼はこともあろうに不倫に手を染めてしまったのである。

これにしても、英会話の会得という、前向きの発想が出発点だった。海外出張の機会もないわけではない。新聞広告で教室を探しているとき、個人指導で時間の変更もオーケー、しかもネイティブの教師という教室に目をとめ、出向いた教師の家で才華に会ったのだ。一目ぼれだった。彼女の細い足、折れそうな腰、そして誘うような口元や意味ありげな目つきが、彼を捉えて離さなかった。何度目かの訪問で、彼女も折原を気にしていると知ったとき、彼はなりふりかまわず彼女に近づいた。善悪の判断や倫理観をなくした、一生でたった一度の瞬間だった。

あれから二年。相変わらず才華は魅力的だったが、折原はそろそろ疲れてきている。会社でもうすうす気づいている人間はいる。部下ならともかく、この前は部長にそれとなく忠告された。妻もなんとなく感づいているような気がするし、どう考えてもやめごろだった。彼女の電話に出ないようにして間隔を空けることから始めるつもりだった。しかしかかってくるとどうしようもなかった。しばらく考えて、結局かけ直してしまう。彼女の四十歳とは思えないはりのある白い身体を、彼はもっと抱いていたかった。

だいたい、才華は浮気癖があると、折原はにらんでいる。その証拠に、亭主だっているくせに、二度目のデートであっというまに自分に抱かれたではないか。会っている最中にも携帯に時々メールが入るし、そのたびに困ったような顔で消去しているのを、折原は気づかないふりをしてちゃんと見ている。彼女に興味を抱いている男は確かにいるはずだ。

その男と才華がアレをしているとは思えないが、才華は本質的に男好きなのだ。だが、折原に磨かれ、豹のようにしなやかにうねるようになった彼女の肉体を、今更他の男に譲りたくはなかった。

結局、そんなこんなで、今日はありあまる仕事を放棄し、家に帰らないで彼女に会う決心をしたのである。

「部長との飲み会だから」

と、几帳面な折原は妻に電話で告げた。妻をだますことなど、もうなんでもなかった。それより、才華と約束をした直後、部長から、

「折原君、今日行かない？」

と誘われたときは実際こたえた。

「すいません、ちょっと今日は勘弁してください。子供の誕生日なんです」

頭を下げたとき、本当に才華を憎んでいる自分をどうすることもできなかった。部長が才華の電話の前に誘ってくれていたら、才華のほうは正当な理由によってすんなり断れた。だが今更彼女に行けないといったら、また例のだんまりが電話の向こうで始まるのだ。あれには本当に参る。子供がいない分、人間的に成長できなかったのか、夫がアメリカ人だ

から個人主義とやらで甘やかされたのか、あるいは男たちにちやほやされつづけてわがままを通すのがあたりまえになっているのかは知らないが、彼女は一度いい出したら決して聞かないのだ。そこも惹かれているところだったが、今では困ることのほうが多かった。こちらは才華のように気楽な身分ではない。社会に組み込まれた身動きのとれないサラリーマンなのだ。自分にぶら下がっている家族はいるし、いやでも優先しなくてはならない付き合いだってある。彼女にはそれがわからない。

だが、やはり才華がかわいい。会社の階段を下りながら、折原は才華の肉体のうねりを想像し始めていた。抱きすくめると、自分の一部になったようなあのとろける感じ。あんなに身体が合う女に会ったことはない。よく二週間も抱かずにいられたものだ。

やはり今は手放せない。

マンションのドアを開けたとき、玄関に生徒たちの靴がなかった。才華は不安に襲われた。ジェイムスは今日特にクラスが多い日で、十時半まで生徒がひっきりなしのはずなのだ。なのに、誰も来ていない。

「ハーイ、マイ・ビューティ」

ジェイムスが出迎えてくれる。サンダルを脱いだあと軽く抱き合いキスを交わす。汗の臭い。才華は思わず鼻で呼吸することをやめる。ジェイムスの体臭。ジェイムスの肥満。ジェイムスの口癖。襲ってくる嫌悪感をどうすることもできない。彼に腰を抱かれたまま並んでソファに座る。このあとジェイムスの長めのキス。ときにはそのままセックスすらする。彼の性欲は相変わらずだ。

「ねえ、授業は？　生徒さんはどうしたの」

ジェイムスはもう彼女のうなじに唇を這わせている。まさか。授業がキャンセルになったんじゃ。

「バンザイ、マイ・ビューティ。タナカさんも、スズキさんも、わがままなサイトウさんも来ない。なんとそろって出張だってさ。僕は今日完全にフリーになったよ」

冗談じゃない。才華はジェイムスの手をそっと振りほどくと立ち上がった。やっと折原と約束できたのに、夫が授業で忙しく、簡単に抜け出せると思ったから勇気を出して電話したのに。

「どうしよう、わたし、そんなこと知らなかったから、麻理と出かける約束をしてしまったわ」

才華はとっさにうそをついた。つきなれているとはいえ、一回一回が勝負だった。ジェイムスをうまく欺かなくては。傷つけないように出かけなくては。

「そりゃ、残念だなあ。予定変えられないのかい？」

ジェイムスの落胆ぶりが見て取れた。

「今日は僕が食事を作ってあげようと思っていたんだ。いつものチキンサラダだけどね。それから僕のかわいい才華とメイク・ラブしようと」

「食事はいっしょにできるし、十一時までには帰るから。出かけるのは二時間ほどだけよ」

才華はジェイムスの顔を見ないで台所へ行った。冷蔵庫を開け、缶ビールを取り出す。浮気に出かける前、まともに夫に応対するのはやはり苦しかった。今まだ七時だし、折原が電話をかけてくるのはせいぜい九時過ぎだ。それまではジェイムスの機嫌を損ねないようにしなければ。折原からの電話も麻理からのように見せかけなくては。

「いっしょに食事を作らない？」

才華が笑顔をつくって夫に声をかけたので、ジェイムスは仕方なくソファから腰を上げた。

「いっしょにビデオが見たかったんだ。ワインか何か飲みながらゆっくりね」

彼は才華の缶ビールを取り上げて一口飲んだ。

「才華の好きなクロワッサンとチーズも買ってきたんだ。ほんとに残念だなあ」

それから彼は冷蔵庫を開け、鶏の胸肉を二枚取り出した。

「私がやるわ」

「いいよ。君はすぐ指を切るから」

まな板の上できれいにさばき始めた夫を見てさすがに才華は胸が痛くなった。

「ごめんなさい」

彼女はジェイムスのたるんだあごにキスした。

「なるべく早く帰るわ。だから起きて待っていてね」

そういわざるをえなかった。


すんだあとで、二人は一緒にシャワーを浴びる。折原は自分が時間をかけて愛した才華のあの部分を指先で丁寧に洗ってくれる。胸や尻や腰のくびれや、また当分触れられないであろう愛人の気に入っているあちこちを、ボディシャンプーを上手に泡立てながら念入りに愛撫してくれる。才華はタイルの壁に両手を押しつけて身体の釣り合いを保ちながら、また小さなうめき声をあげ始めていた。そうすれば、彼がまた我慢できなくなって彼女の中に入ってくるのだ。何度達しても濡れることをやめない敏感な部分は、シャンプーの泡の中でまた潤み始め、それを知っている折原は執拗にそこをいじりつづけた。

「だめよ、やめて」

「だけど君のここは、君のいうことをぜんぜん聞かないんだ。君の口がやめてといっても、こっちはしてくれっていっている」

「ちがうわ。そうじゃないの」

才華はそういいながら目をつむってまた小さくあえぐ。

「私のそこは正直よ。私の気持ち、そのままだもの。してほしいわ」

折原が入ってくる。彼女のぎゅっと収縮する部分にワインの栓のようにはまり込んでくる。ベッドより、そのあとの浴室でのほうがさらにきつく締まってちがう味わいがあることを二人とも知っていた。いつも繰り返す最後のお楽しみ。才華は今度はバスタブの縁に手をついて身体を支えた。折原に腰をつかまれ何度も突かれながら、もう今日が終わってしまうことを胸の中で痛く感じている。

「ほんとに君は最高だ」

すんだあと折原が彼女を抱きしめていった。

「だったら大事にして」

「大事にしてるよ」

「ずっと、大事にしてね」

「大事にする」

長くてとろけるようなキス。こんなに好きだ、と才華は思う。彼が好き、大好き。このまま死ねたらいいのに。彼が死んでしまえば、私といっしょに死んでくれたら。だけど、そのうち折原がこういうのを知っている。

「さあ、帰ろう。あまり遅くなると危ない。今なら二時間以内だ。早く身体を拭いて」

うなずいて水分を拭い、服を拾い集める。駄々をこねないのは折原が好きだから。きれいに別れて次につなげたいからだ。こんなにも苦しいことを才華は繰り返していた。だが、これほど大きな悦びがあるのに、どうして折原をやめられるだろう?

やめられるわけなんかなかった。

幕あい

たしか、後ろから彼に抱きしめられているとき、パタパタという足音が聞こえた気がする。そのあと気が遠くなって、ドンという強い衝撃のあと、二人はがけを転がっていたのだ。誰かが突き飛ばしたのだ。誰かが男の背中を強く突いて二人を奈落の底に落とし込んだのだ。

二人とも死ねばよかったから。

二

次の日、才華は英語塾の仕事が休みだった。休みでよかった。全身が倦怠感でぐったりし、局部には重い痛みすらあった。台所に行くとコーヒーが沸かしてあり、食卓にはクロワッサンが籐の籠に入れてあった。レースのカーテンの向こうは燃え盛るヘリウム爆弾が連射攻撃を地球に仕掛けているし、そのまぶしさは気分が悪くなるほどエネルギーに満ちている。

彼女は目をそむけ、椅子に腰かけてポットのコーヒーをマグカップに注いだ。夫の授業をしている声が奥の部屋から聞こえてくる。コーヒーを一口飲むと舌の奥まで荒れて腫れ上がっていることに気がついた。折原との行為のあとだけでも、半日は疲れてだるいのに、昨夜は夫も受け入れたのだ。

夫は待っていた。ベッドルームを何本ものろうそくの明かりで飾り、気持ちよいジャズをかけて。ムード満点で、安っぽいモーテルの通り一遍のインテリアよりずっとしゃれた室内だった。だが、それを見た瞬間吐き気がした。

彼が眠っていてくれますように、と願いながらドアを開けた自分がいた。モーテルのボディシャンプーの匂いを消すためにもう一度シャワーに行った自分がいた。夫が達することをひたすら願いながらイッたふりをし、感じるふりをつづけた自分がいたのだ。昨夜の自分のしたことを考えるとさすがに胸が悪くなる。コーヒーが飲めないので、タバコを吸おうと手に持ったが、これも味がないのだろうと、放り投げた。疲労と自己嫌悪がたまらないほど膨れ上がり、才華はテーブルに肘をついて額を押さえた。

ふと見ると、クロワッサンを入れた籐の籠の下に、小さく折りたたまれた紙切れが挟まっていた。取り出して開いてみると夫の字があった。

「昨日はお疲れさま。無理させてごめんね。いつまでも待っているよ。愛してる」

才華はとっさにぐしゃぐしゃにしてごみ箱に捨てた。二度と読みたくなかった。タバコをまたつかみ、ライターで火をつけた。混乱がぐにゃぐにゃと襲いかかってきた。

「昨日はお疲れさまってどういう意味かしら？　いつまでも待っているって何？　何を待つの？　私が帰ってくるのを？　それとも私がばかなことをやめて普通の奥さんになるのを？」

ジェイムスは知っているのだろうか？　自分のしていることに感づいているのだろうか？　なんとなく変な気がしているだけなのか、そう考える証拠でも持っているのだろうか？

罪悪感や嫌悪感にとって代わって、今度はばれたかもしれないという不安や恐怖の暗雲が才華を不気味に取り巻き始めた。

夫とはうまくやらなくてはならない。それは最初に折原に教えられたことである。お互いの家庭に知られたらすぐやめる。折原は才華にそう約束させた。二人の関係にはなんの発展もなく、それに甘んじなければならない。それでもいいのならつづけようと。恋に溺れて家庭をおろそかにし、離婚沙汰になるような女からは、彼は尻尾を巻いて逃げ出すだろう。折原はあらゆる意味で平穏を望んでいる人だから。

才華は夫の用意してくれたクロワッサンを無理やり口に押し込んだ。今夜の食事は彼の好きなものにしよう。彼との平穏な関係があればこそ、自分は折原と会えるのだから、何がなんでも夫をないがしろにしてはならない。どんなにセックスがしたくなくても、どんなに同じベッドで寝たくなくたって、二週間にたった二時間の幸福のために、あとの日常は耐えるしかない。

「ありがとう。図書館に行って、それから買い物に行くわ。夕食を楽しみにしていてね」

彼女はメモ用紙にきれいな英語で書きつけた。すぐ家を出て、どこかへ行こう。夕方までなんとか時間をつぶさなくては。

愛していない夫のいる家にいつづけるほどの苦痛が他にあるだろうか?


図書館の書棚の間にある四角いストールに腰かけて、アン・ビーティの長編を読んでいたとき、斉木宏から電話が入った。急いでトイレに入ってから、洗面台の前で才華は電話に出た。

「メール見てくれた? 毎日入れていただろ?」

弾んだ声。彼は麻理より二歳若い。だから才華より四歳も若く、時々若者と話しているような錯覚に陥る。

「読んだわ。ちょっと忙しかったから返信できなかったけど。あなたは元気?」

「ああ。でもずっと君に会えなかったから……。もう十日だよ」

そうだったのか、と才華は思う。彼のサイクルは折原の倍も早い。毎週会わないと納得しない。ようするに若いのだ。

「夜は当分だめなの。なんとなくまずい感じ」

才華は周囲を見回して小声でいった。ほんとは夜でなくても今日は会いたくない。折原と会った次の日は誰にも会いたくないのだ。朝はあんなに落ち込んで反省したのに、図書館で別世界の活字を読んで少し気が楽になったとたん、めぐりくるのはまたしても折原のことだった。折原のしたこと。折原のいったこと。身体に残る折原のなごり。彼の目や声や手の動きや舌の感じを何度も記憶の中で味わいたかった。だが、そんなことをいえるはずもない。斉木を傷つけてはならない。

「じゃあ、今から会おうよ、ね？　昼から会社を抜け出せるんだ。夕方までには帰すから、ね？　どうかな」

才華は考える。今日は斉木宏と会いたくはないけれど、こんなふうに土、日以外で仕事が休みなのはひと月に二回しかないし、週末は夫と過ごしたほうが無難だ。夜も当分は家にいたほうがいい感じだし。

「身体の調子があんまりよくないから、会うだけになるけどいいの？」

絶対セックスはできない、と思う。これでしたら死んでしまう。

「いいよ、俺は君に会いたいだけだから」

宏は車で拾う場所を告げてから電話を切った。才華はトイレから出てため息を漏らした。

自分が何をしているのかわからなかった。

そもそも斉木と付き合い始めたのは、折原との関係を持続させるためだった。たまにしか会ってくれない折原への腹いせだった。裏切ることで冷たい折原を罰したかった。いや、それよりも疼いて仕方のない身体を夫以外の男に任せることで、精神の安定を図る悲しい手段だった。斉木は遊び人ふうに見えたし、実際ちょくちょく飲み屋の女たちと浮気をしていたのを知っていたので、才華とも軽く遊ぶだろうと予想したうえでの関係だった。

だが予想は外れた。ハンサムで女にもてて、しかも仕事ができる彼が、四歳も年上の自分にこんなに夢中になるとは思ってもみなかったのだ。

昨日は折原に夫、そして、今日は斉木宏。

もうすぐ狂うかもしれない。本を書棚に押し込みながら才華は思う。実際狂いかけているにちがいない。なんでも自分の都合のいいようになると考えて足を踏み込んだ罰だ。人の気持ちが自分の思うようになるわけないのに、ひとつの苦しみから逃げるために新しいことを始めて、今度はまたちがう苦しみを生んでいる。こうやってたくさんの人を巻き込んでどんどん傷口を広げているばかな私。

私なんか、死んだほうがいいのかもしれない。

昼間でも暗いカフェ・バーのカウンターで、才華は斉木宏と午後を過ごした。

ふだんは決して頼まない抹茶アイスがグラスの中でどろどろになっていく。疲れているときは甘いものがいいだろうと注文したけれど、やっぱりアイスクリームは好きになれない。べとべとした感じが自分のつくった人間関係のようだ。才華はタバコの煙を暗がりに向けてそっと吐き出し、斉木宏はその一挙一動を、コーヒーを片手にやわらかい目で見守っていた。

「ずいぶん疲れているんだね。大丈夫？　ごめんね、無理に誘って」

彼は優しく才華を気遣った。額にたれた前髪が若々しく、心配するとき少しだけ下がる目じりが人のよい性格を物語っている。

「夜更かししたのよ。つまらないビデオ遅くまで見ていたの。私こそ元気がなくてごめんなさい」

才華は努めて笑いかけた。

「会いたかった」

斉木がつぶやくようにいった。

「子供とキャッチボールをしているときさえ君の顔が浮かんでくる。君のくれた一輪挿しを飾り棚の中から見るたびに、君との鎌倉の旅行を思い出す。恋なんだなって思うよ」

才華は斉木の整った横顔を見つめた。彼の目が深く揺らめいて、決して軽い気持ちから発せられた言葉ではないことがわかる。自分のしている偽りの交わりが彼の恋心を生んだのだとすれば、恋ってなんて不思議なのだろう。不幸な種からどんなすばらしい感情が芽生えるかしれない。才華には斉木が羨ましく、まぶしくすらある。彼は自分よりはるかに幸せだ。

「君が元気になるように、俺がまた美味しい店を見つけておくよ。何が食べたい？　お寿司かい？　それともイタリアン？　ステーキにする？　ガーリックのよく効いたやつ」

「ガーリックはだめよ。匂うもの」

「平気だよ。俺はなんともない。君からはいい匂いしか感じないんだ」

それを聞いて、折原と会ったとき、彼女の臭覚が完全に麻痺してしまうことを才華は思い出す。折原はなんのいやな匂いも発しない。香水もつけないから、まったくの無臭なのだ。それは自分に、恋した相手を無条件に絶対視してしまう初恋の少年と同じ現象が起きているからだ。いいものだけしか見えないし、他の感覚でも感じ取れない。才華はそのことを折原で初めて知った。人間の身体はそんなことすらする。

目の前の素敵な、若者ともいえる男を自分はなぜ愛していないのだろう、と才華は思う。どう考えたって折原より誠意が感じられるし、折原より純粋だ。なのに、どうしても折原のようには愛せない。宏の深い愛にこたえるためには、二人の順位が逆転することだと、もう半年以上もそうなることを願ってきた。そして、冷たい折原を軽く捨ててやりたかった。だから夫にうそをついて宏と一泊旅行にも行ったし、映画やジャズコンサート、ショット・バーやカラオケ、楽しいことはなんでも試した。折原は才華をモーテルに連れていくことしかしないのだから、その点でも斉木のほうがずっとしゃれていた。

なのに。なのにだめだった。宏が彼女に夢中になればなるほど冷めていく自分をどうすることもできないのだ。そして今日も、こうして自分のために時間を空けてくれた斉木宏に、才華はカフェで語り合うことしかできない。

若い宏がどんなに才華の身体に触れたいかわかっているのに。

才華はタバコを消した。もうだめだ。いわなくては。彼は私なんかにふさわしくない。彼はすばらしすぎる。

「あのね、宏さん、私、やっぱりいわなくては」

才華がいいかけると、斉木宏はそれをさえぎった。

「何も聞かないよ。聞きたくない」

えっ？　と才華が彼の顔を見上げると、宏が微笑んだ。

「君がね、いろいろ心の中に持っているのだろうってことは前から感じている。もしかしたら誰かいるんじゃないかってね」

才華は口をつぐんだ。彼は何をいい出す気だろう。

「俺もずいぶん悩んだんだ。だけど、君を好きな気持ちは止められなかった。だから、時々でいい、会ってくれたらいいよ。どうしてもいやじゃなかったら、それで俺はいい」

「うそでしょ。そんなの変だわ」

才華は低くいった。

「私に都合がよすぎるじゃない。あなた、そんなの平気？」

「君と別れることを想像したら、頭がおかしくなりそうだった。君とときたま会えるんだったら俺は耐えられるんだ」

そして斉木はあたりをはばからず、才華の細い右手を握った。

「俺は君がなんだろうといいんだ。俺は本当に君をまっすぐに好きなんだから」

君をまっすぐに好きなんだ——。

才華はその日一日、この言葉を反芻しつづけた。久しぶりに聞いた澄んだ言葉だった。邪念ばかりの人間関係の中から生まれ出てくる日本語にこんな言葉があろうとは思えなかった。でも、斉木宏は才華にそういった。まっすぐに好き。

「何考えてるの？」

夫にいわれてはっとする。自分の作った料理の向こうでジェイムスが笑いかける。もうすっかりビールで顔を真っ赤にして、目が酔いのためにトロンとなっていた。ＬＬサイズの短パンすら彼がはくと小さく見える。百八十五センチ、百二十キロ。才華より二十五センチ高く、才華の三倍も重い。

「ねえ、食べすぎてはだめよ。あなたはダイエットしなくっちゃいけないの」

「大丈夫だ、才華。今年中に百キロにする。毎朝十キロ歩いているのを知ってるだろ？」

「そうだったわ。で、少しは効果あったの？」

「もちろん。このへんが締まってきた」

と、夫は突き出た腹をなでてみせる。

「あと半月もすれば体重が落ち始めるはずだ。だが僕は大学時代フットボールをやっていたから、これはほとんど筋肉なんだ。今だって僕の身体は君より脂肪が少ないんだよ」

そんなばかげたことがあるはずない。体重四十キロの人間より、百二十キロの人間のほうが脂肪が少ないなんて。

才華はこのあと雄弁な夫が、どうして自分の身体が不健康でないかとか、体脂肪が少ないので水にぷかぷか浮かないとか、毎日のエクササイズでどんなに体調がよくなったかを聞かされる羽目になることを、瞬時に悟り、瞬時にあきらめる。彼は本当によくしゃべる。おしゃべりがすぎる。アメリカ人でもしゃべるのが苦手な人や寡黙な人は、実はけっこういるものだ。だが、彼の場合、まさに日本人が想像するとおりのアメリカ人だ。相手がいい返せないような断定的な言葉を巧みに使い、いろんなそれらしい説を取り上げてきちんと論破していく圧倒的なやり方で、自分の考えを押しつけていく。しかもそれが英語だから、途中で才華はどうしてもギブアップしてしまう。いや、それでも昔は彼の博学をすごいと思えたし、彼のおしゃべりが好きだった。たまにはいい勝ってやろうと一生懸命聞いて、いちいち反応していたものだった。

今はもうしない。すっかり嫌気がさしていた。男は寡黙のほうがいい。そのほうがロマンチック。そのほうがおしゃれだし、ずっと知的だ。

折原のように。

「ね、才華、聞いてる?」

「え、もちろんよ。よくわかったわ」

才華はあわてて視線を現実に向ける。

「ほら。聞いてない。今日斉木麻理さんから電話があったっていったんだ」

「えっ」

「マリだよ。すごく久しぶりだった。もっとも君は昨日の夜、会ったんだっけ」

才華は言葉を失った。どうして携帯にしてこなかったのだろう?

「なんの用かしら」

平静を装って、彼女はワインを飲み干した。またうそをつく場面がきたのかもしれなかった。昨日のうそがばれているのかもしれない。

「君の携帯に昼間かけたけど、マナーモードになっていて通じなかったそうだ。仕方ないので家にかけてきたらしいよ」

驚いてバッグから携帯を取り出す。確かにそうだ。斉木宏と会う前にマナーモードにしたままだった。画面には「着信あり」の絵と、かかった時間が出ていた。二時十五分。宏と会っているときだった。

「ほんとだわ。図書館だから切っていたのよ。忘れてたわ」

「今度いっしょにディナーしようって。君と僕と斉木さん夫婦の四人でだって」

才華はしばらく声が出なかった。

斉木宏と、その妻麻理と、自分とその夫ジェイムスが向かい合って食事。なんで、そんなこと。そんなばかばかしいことを？　宏と自分がお互いの裏切っている配偶者を連れて談笑するなんて。

でも表面的な人間関係からはありうる話だ。ジェイムスと麻理は以前同じ英語学校で教師をしていてよく知っているわけだし、確かそのつながりで以前何度か四人で食事をした。最初のとき麻理は夫を紹介し、四人はけっこう気が合ったのだ。カラオケに行ったこともあるし、夏にはビアガーデンにも行った。ああ、一度麻理たち一家を才華たちのマンションに呼んだりもした。確か去年の十二月で、才華の飾り付けたクリスマスツリーを見せるためだったと思う。そのとき、初めて宏とずいぶん親しく話し込んだ。それが二人の関係の発端だった。

「私、気が進まない。全部麻理のアイディアよ。あちらのご主人は私たちをよく知らないんだし、退屈すると思うわ」

「だって、あっちからいってきたんだよ」

ジェイムスはフォークをステーキにぶすりと刺した。

「子供さんたちは友だちの家に泊まりに行くらしい。久しぶりに大人だけで羽目がはずしたいんだって。マリがそうしたいみたいだ。ご主人はうちがかまわなければといってる。だから、いいんじゃない？　僕はなんとか都合つけるし、マリは君の友だちだし」

確かにいやがる理由なんてなかった。表面上は。知り合いの夫婦がたまに食事をするだけのこと。ここでいやがればもっと変。もしかしたらぎりぎりになって、夫や宏の仕事の都合で流れてしまう可能性もある。ともかく自分からつぶさないに限る。

「そうね、わかったわ」

才華はそういった。宏も上手に振舞うぐらい心得ているだろうし、自分はもうとっくにうそつきの天才なのだ。浮気の浮気までやっているのだから。

ドレッサーの前でクリームを使って化粧を落としているとき、ふと携帯のことが気になった。麻理がかけてきた時間は確か宏と会っているときだった。まったくマナーモードにしていてよかったけれど、麻理はそのときメッセージを残したかもしれなかった。彼女に今度会ったときちゃんと言い訳ができるように、チェックしておかなければ。才華は留守番電話サービスを呼び出してみた。

思ったとおり、麻理の声が録音されていた。

「斉木です」

マリの声。低く、小さな声だ。

「才華、あなた、今、どこにいるの？　いったい何してるの？　気がつかないとでも思う？」

三

九月四日、折原に突然辞令が下された。

社内の人間のほとんどが、いや、折原すら予期していないことだった。誰の目にも折原は本社で貴重な人間だった。多分このまま本社勤務で部長、次長と上っていく人間なのだろうと、大方は予想していたし、折原自身もそうだった。

だが、彼は飛ばされた。営業拡大に伴い、佐賀に支社を開設するに際して、支店長という名前をもらい、五人の部下をつけてのことだったが、間違いなく左遷だ。それは本社に勤務していて初めてわかることだ。本社以外ではどんな役職名をもらおうと数のうちに入らない。巣の中に入れてもらえない働きアリといっしょなのだ。

「東京のアカを落としてこい、折原君」

というのが、次長の言葉だった。

「三年経ったら必ず戻すよ。君は会社にとって大事な人材だからな。ただ、まあ、ここんとこの君は、なんていうかな、まあ、折原課長も若いってことだ」

折原は自分の席に着いてからもしばらくは茫然自失状態だった。会社の仕事に穴を空けたつもりはなかった。人の二倍は働いたと自負している。浮気についてだって、公務員でもなし、業績さえあげていれば自分の私生活がとりざたされることはないとたかをくくっていた。というより、誰もたいして知りはしないし、気にもかけていないだろうと思っていたのだ。

だが、現実はちがっていた。彼の私生活は、つまり才華との不倫は大方の人間の知るところであり、社の体裁うんぬんのために折原をある意味葬ったか、何かこれに絡んで会社に対外的な不都合があった、ということなのかもしれなかった。

ともかく机の周りを整理しなければならない。

あと一週間で誰か他の人間が彼の代わりにこの席に座り、このパソコンを打ち、部下に指令を出す場所になるのだ。まるで人が死ぬとその悲しみに浸るまもなく葬式の準備をしなくてはならないのと同じように、ここで生きていく人間のために場所の入れ替えをしなくてはならない。

「なんてことだ」

折原は平静を装って片付けにとりかかりながら奥歯の震えをとめることができない。

「こんなのってあるか」

部下が順番にあいさつに来る。これから自分の転勤にかかわる耐えられない行事が数日に渡って繰り返されるはずだ。それより家に帰ってこのことを家族に伝えなくてはなるまい。高校生と中学生の子供たちを連れて妻はついてはこないだろう。単身赴任になるということか。三年の監獄生活。いや、そのあとここに戻れるという保証はない。

彼女に会わなければこんなことにならなかった。いや、最初の数回でやめておけばお互い簡単に別れられた。二年間も別れる機会を窺いながら、結局手を切れなかったのだ。

「俺はばかだ」

折原は心の中で繰り返した。


今日の才華は特にきれいだ。折原が着てくる気楽な服に合わせて、いつもはブラウスとジーパンなのだが、今日に限って彼女は濃紺に鮮やかな黄色と赤のリボンが描かれたシルクのツーピースを着ていた。夕方折原の突然の電話で喜んでいた才華の声は、彼の転勤という一言で聞いていているほうがいたたまれないほど、悲しい響きに変わった。才華にとっても信じられない知らせだった。

「ともかく一週間のうちに佐賀に行くから、君が空いていれば今日会おう」

という折原の申し出を才華は聞き入れ、今、こうしてモーテルで会っている。彼女は小さなテーブルのそばの床に座り、泣き出しそうなのを必死でこらえている。タバコに火をつけてやっても吸うこともしない。相当のショックなのだ。いや、君より俺のほうが本当に大変なんだと、折原は思う。感情なんかで解決できる甘い世界に生きているわけじゃない。

「どれくらい、佐賀に行ってるの？」

彼女が顔を上げてやっという。消え入りそうな声。長いまつげに縁どられたきれいな瞳が涙で潤んでいて、折原は思わず後ろに回って抱きしめる。彼女はううん、と吐息をもらしてもう受け入れている。かわいい女。セックスが好きで仕方がない女。この感じがたまらなくて、今の今までやめられなかった女だ。そして人生が半分ふっ飛んだ今も、最後だからと自分にいい聞かせ、また会っている。折原は才華を後ろから抱きしめたまま巧みに布を剥ぎ取ると、床に転がして、彼女の両足を開き、もう濡れている部分に口を当てた。いつも彼女から溢れ出てくるものは全部飲んでいたが、今日は体中から何もかも吸い取ってやるつもりだった。しかし、吸い取ったと思っても溢れてくるものはとめどもなく、彼は次第に興奮して彼女の敏感な部分を思い切りかんだ。

「だめよ、あ、痛いわ」

才華の訴える声はますます妖気を帯びて、細くて白い足がつま先までつんと伸びるのがたまらなくきれいだ。折原は我慢できず早くも彼女の中に入っていくと、男を狂わすにちがいないあの部分の収縮がさっそく始まるのだ。上半身が剥がされた絹の上で弓なりに反り返り、小さくて形のいい胸がぷるぷると震える。のけ反った顔が髪の乱れの中で淫らにゆがみ、口元が少し開いて赤い舌が唇を軽くなめている。両手で髪をかき上げながら、さらに身をよじり、「ああ、いいわ、とってもいい」といやらしいことをつぶやき始める。

才華は本当にセックスをするために生まれてきたにちがいない。だとすれば、俺がおかしくなったのも俺の落ち度というわけではなく、この女に当たったからなのだ。

折原は彼女を抱きかかえて立ち上がりベッドに放り投げた。自分も裸になるとクローゼットを開け、浴衣の帯を二本取り出した。そして彼女の身体にまたがって、両手を帯で縛り上げベッドの金属の柵に括りつけた。それからもう一本の帯で胸を巻き上げた。乳房が痛々しく搾り出されるように締め直してから、自分のものを才華の半開きの口に深く挿入した。彼女のフェラチオ。これが実にうまい。根元を締め上げたり、喉の奥まで入れてきつめにピストンをしたり、えもいわれぬ表情で裏側をなめてもみせる。男のこれが大好きでたまらないという表情を惜しげもなくしてみせるきれいな女。折原は彼女の口からそれを抜いてもう一度下に入れ、才華の顔をなめまわしてから唇を思い切り吸ってやった。才華は縛られたまま、折原の歯茎を舌で味わっている。時々恥ずかしそうに笑う表情をしたかと思えば、また激しく折原の舌を吸う。その間も彼女のあそこは絶えず収縮を繰り返し、折原の悦びを持続させてくれる。彼女の中に同居する娼婦と淑女。それが交互に出現してそのたびに折原は興奮の度合いを深めていくのだ。

あくまでも幼い彼女の声。あくまでも細くて白い身体の美しい動き。しかしやっていることはセックスそのものであり、恥じらいなどかけらもない淫らな交合のさまざまな形態だった。

才華を手放したくない。だが、この女とこれ以上かかわってはいけない。

しかし、折原のわずかに残された理性を封じ込めるかのように、才華の身体がなまめかしくよじれ、さらなる快楽をむさぼろうとしているのを見ているうちに、彼は一瞬気が狂う感覚を覚えた。胸を締め上げていた浴衣の帯を解くと、それを二重にして彼女の首に巻きつけた。才華は犯されながら首が絞まっていくのを悦びの表情で迎えた。

このまま殺してしまいたい。生きている限りこの女は俺を苦しめる。俺はこいつから離れられないし、こいつも決して離れてくれないのだから。

折原の手に力が入り、才華の首が絞まる音がした。

「早く殺して」

才華がいった。

「もっと絞めて。まだ息ができるわ」

折原はギョッとして手を緩めた。俺は今何をしようとしたんだ?

突然才華が折原の手から外れた帯をつかむと、自分で自分の首に巻きつけた。

「な、何をするんだ?」

才華は目を閉じ、恍惚の表情のまま自分で絞めようとする。首がさらに絞まる音がする。

彼女は苦痛に顔をゆがめ、折原の入っている部分はざらっと波立った。

折原は寒気がした。才華の手を振りほどき首から帯を外した。才華は呼吸困難に陥っていて、身体を丸め、小さくあえいでいる。折原は彼女の背中をさすった。

「だ、大丈夫か?　いったいどうして?」

「あなたのしかけたことのつづき」

才華はやっと目を開けて微笑んだ。

「あのまま、殺してほしかったの。ほんとにうれしかった」

「ばか」

「今死ねたら、幸せなままだもの。もうあなたを苦しめなくてすむし、私も苦しまないですむもの」

たまらなくなって彼女の赤くなった首筋を抱きしめ、折原は接吻を繰り返した。

「ごめん、ひどいことをして」

感情が溢れ出る。彼女の細い首。それが赤く腫れてあまりにも美しかった。

「別れなきゃいけないのに別れられない」

折原は彼女を抱きしめながらうめいた。

「君と別れるしかないんだ。それしかないんだ。なのに、どうしても別れられない」

才華の手が折原の首にまとわりつき、細い足が彼の背中に回って堅く組まれた。

「だったら別れないでいいの」

才華は潤んだ目でいった。

「大好きよ」

どうして別れられるだろう？　こんなにかわいいのに。こんなに身体がなじんでしまっているのに。だが、別れないのなら、俺はどうなる？　この先も周囲を欺きながらこんなことをつづけるのか？　これをするだけのために？　なぜ俺はこれをそんなにしたいんだ？　いったい俺はどうなったというんだ？

心の中で自問しながら、一方で折原は才華の両足をほどいて持ち上げると、自分の肩にのせ、また彼女の中に入っていった。次第に速度を速め、激しく彼女を犯しつづける。才華が絶頂の表情を見せた。

「ああ、お願い、うんと突いて。突き殺してもいいから」

才華の身体が硬直し始めた。あそこが小刻みに強く収縮し始めたので、折原もついにうめき声をあげてしまった。

折原は今や何がなんだかわからなくなっている。仕事なんか知るものか。俺の代わりはいっぱいいるし、出世したとしてもどうせたかがしれている。だが、彼女の代わりは二度と見つからないだろう。

もういい。ともかく今は考えまい。

ともかく、今だけは。

四

その翌日、二組の夫婦は繁華街の居酒屋で会った。店内は混み合っていて、四人は狭い場所に押し込められ、肩をくっつけるようにして乾杯をした。

「半年ぶりかしら、こうして会うのは」

麻理が音頭をとった。

「じゃあ、カンパーイ！」

みんな持ち上げたジョッキを合わせた。なんてたまらない集まりだろう。才華は斜め前の宏が自分に視線を合わそうとするのを避けた。ああ、早く今日が終わりますように。

麻理はなんだか異様にハイテンションだ。全員の好きなものを聞き出しては店員にどんどん注文する。最初の一杯もあっというまに飲み干して、

「ああ、美味しい！　子供もいないし、今日は飲むわよお」

などといって、店員を呼びつけ、お代わりを頼む。お箸は休むこともなくあちこちの皿をつつき回って、まるで鶏のように食い荒らしている。

口に入れた。

「美味しいわね、ここのお店」

才華はほとんど食欲はなかったが、麻理の機嫌を損ねないようにと無理をして食べ物を口に入れた。

「ジェイムスと相談したの。ここにするって」

麻理はもう顔を赤くしてこびるようにジェイムスを窺った。

ジェイムスは大きな蟹の爪を手で引き裂いて中身をすすっている。

「あなたとうちの旦那はなんだか忙しいそうで、相談できなかったの。なんで忙しいのか知らないけど」

「あら、そんなことないわ。いつだってひまよ」

「うそ。いつもマナーモードになってるわ、あなたの電話。昼間からね」

麻理は確かに何かを知っている。何かをつかんでいる。宏の隠しきれない不自然な様子から感じ取ったのか、才華と宏の行方不明の時間を調べ上げてわかったのか、あるいは宏の携帯のメールや着信履歴をこっそり盗み見したのか。浮気や軽犯罪なんかその気になればいくらでも発見できるだろう。麻理がそうしたのなら、自分たちの仲も容易に発覚してしまっているだろう。

才華は何か恐ろしいことが、今日麻理によってたくまれているのではないかと思って寒気を感じた。この場で大げさに発表してジェイムスを傷つけるとか、証拠写真か何かを見せて、自分たち二人を辱めるとか。彼女が立場上何をしてもおかしくないし、彼女のように抑圧的な生活を送っている人間が追いつめられて突如発作的な行動に出ることはよくあるものだ。そういえば、この集まりを考えついたのは麻理だった。

そんな才華のびくびくした様子をよそに、麻理は二杯目のビールも飲み干した。

「才華、どうしたの、飲んでないじゃない。何か心配事でもあるの？」

「別になんにも」

「ねえ、麻理、君少しペースが速すぎない？」

宏がいいかけると、麻理はギロッとにらんだ。

「あなたは食べてたらいいのよ。たいして飲めやしないんだから」

才華はともかく、そこらにあるものに箸をつけた。豚の角煮入りの中華パン、カリカリ大根の和風サラダ。どれも不安のために味がしなかった。落ち着かなくては。彼女が何をいい出そうと、言い訳なんかいくらでもできる。最後までシラを切り通せばいいだけのこと。いつも宏と相談していることじゃない。宏をチラッと見ると、彼の目は自分に注がれている。

「大丈夫だよ、落ち着いて」といっている。そう、大丈夫。こちらは二人、あちらは麻理一人なんだから。

「斉木さん、最近の日本の景気、どうですか？　僕はテレビや新聞でしかわからないが、あなたは営業をしているからいろいろと大変じゃありませんか？」

ありがたいことに、ジェイムスが下手な日本語で宏に質問してくれた。

「そうですね、僕としては面白いです」

宏もほっとして、ジェイムスに微笑む。彼だってジェイムスの妻を寝取ったわけだから、心中いかばかりだろう。

「あらゆる分野にデフレの波が押し寄せていますし、大企業がそれをどんどん仕掛けてくる。僕のところのような中堅会社が生き延びるには、安くすることじゃなく、絶対に今はこれだといえる商品を開発し、そのよささをわかってもらえる努力をすることです。昔みたいに皆と同じ物をほしがる時代は終わりつつありますからね、かえって食い込む隙もある。楽しいですよ」

「そういえばマクドナルドも安くなりましたね」

「世界中のマクドナルドが材料を一箇所に一斉発注するんです。値段では絶対勝てない。二十一世紀は中身で勝負です」

宏は英会話ができないし、ジェイムスも早い日本語は理解できない。才華も麻理も黙ってジェイムスが聞き取りやすいようにしてやる必要があった。これで麻理の話を聞かなくてすむ。才華は胸をなで下ろした。

宏は営業だけに話がうまく、表面にブツブツをつけて米粒をつかなくしたしゃもじを一千万本以上売った会社の話、高いが素材が最高のハンバーガーを提供して、一年に百店舗以上経営を拡大したハンバーガー屋など、成功した経営の痛快な話をみんなにしてくれた。ジェイムスも例によって持論を披露する。会は不思議にも表面上は盛り上がっていた。

料理は次から次へと現れた。あまりしゃべれなくて不燃焼気味の麻理は、やたら食べては飲んだ。才華は酔いつぶれそうな妻を宏に連れて帰ってもらいたかった。時々こっそり腕時計を窺う。実は十時半がきたら、夫に帰るようにいってもらうことにしていたのだ。

「久しぶりに二人だけでバーに行きたいの。だから、あの集まりは早く切り上げましょう」

こんなふうに夫を利用するのは心苦しかったが、才華としても必死だったのだ。

ところが、十時が少し過ぎたときだった。

突然、麻理が腕時計を持ち上げた。

「ねえ、皆さんいっぱい召し上がった?」

飲みすぎて少し舌をもつれさせながら、そのくせ鋭い目つきで皆を見回した。

「おなかいっぱいになったことだし、これからちょっとだけドライブしない? うちは車だし」

宏はエッといって彼女を見た。

「そんなこと聞いてなかったよ」

「いいじゃない、どうせ乗せて帰ってあげようと思っていたんだし、あなたちっとも飲んでないんだから運転できるんだし。ねえ、四人で少しだけドライブしようよ、ちょっとだけ、ね?」

「……どこへ?」

才華はため息が漏れそうなのを我慢して聞いた。

「いいところがあるの。二十分ぐらい走るんだけどね、小高い丘でちょっとした景色が見渡せるわ」

反対してくれますようにと、才華は夫を見た。もう十分。これ以上この人と付き合うのはたくさんだ。私たちはこのあとバーに行くの。

「それもいいね。ねえ、才華?」

ジェイムスがそういった。目に非難の色を込めて夫を見つめたが、彼にはわからないようだった。いったいなんだっていうんだろう。茶番としか思えない。いやなことをずるずる引き延ばしているだけ。

だが、一人反対するわけにもいかない。宏もなぜか黙っている。なぜ反対しないの?どうして奥さんのいいなりなの?　いったいなんのつもりだろう?

とうとう麻理のいうとおりに決まってしまった。レジで清算をしながら才華はたまらない気分を必死で払い去った。ともかくあと少しの辛抱だ。麻理の気まぐれに今日だけは付き合おう。

宏がこっそり才華を窺ってうなずいて見せた。ああ、きっと彼、我慢して、あと少しだからっていってるんだわ。才華も彼を見て小さく微笑んだ。

四人は立体駐車場にとめてあった斉木の白い車に乗り込んだ。宏がハンドルを握り、助手席に麻理がふらふらした足取りで乗り込んだ。相当酔っ払っている。才華とジェイムスは黙って後ろの座席に座った。才華はジョッキに二杯飲んだが、まるで酔えなかった。

「さあ、行きましょ。まずは天神前交差点を直進よ」

宏の運転する車は、飲み客を待っているタクシーの間から繁華街を抜け、片側三車線のメイン道路に出た。大交差点からしばらく走ったあと、麻理の指示でバイパスに乗り、直進しては左へ、右へと曲がりながらさらに進んでいく。行程があまりに複雑なので才華にはどこへ向かっているのかさっぱりわからなかった。

「このあたりってどこなのかしら」

「いいから、いいから、もう少しで驚きの絶景だよ」

妙に優しい麻理の声。宏もいいなりに運転している。あとで考えても、なぜこんな流れになったのかわからない。あのときは誰も文句ひとついわないで麻理のいうことを聞いたのだ。

車はいつのまにか市街地を抜けて、よくありそうな住宅街を走っていた。家の明かりは暗闇に散らばっており、行き交う車もけっこうあったが、妙にしんとして才華の不安を広げていく。道の端にはふたをされた用水路が流れ、向こうには黒く小さな山の陰が浮かび上がっている。

「ああ、その道よ、そこを左に曲がって」

今度は左に折れ、車は上りになった道をひた走る。周りに民家はあるものの、街灯が少なくなり、暗闇が周囲を支配し始める。先ほどの山が正面に立ちはだかり、車をゆっくり飲み込み始めた。才華は本当に怖くなった。

「ねえ、麻理、ここって、どこなの?」

たまりかねて聞いた。そのとたん、麻理が振り向いて歯を見せて笑った。

「知らないの? 塩谷町よ。あなたの彼氏が住んでいるところ」

車の中に沈黙が流れた。才華は麻理の顔を見つめ返した。

「彼? ……彼ってなんのこと?」

「あら、いやだわ。あなたの浮気の相手じゃない。折原崇さん。なんとかっていう食品メーカーの課長さんだったかな。これから行くところから彼の家の明かりが見えるわよ。ね、絶景でしょ」

「麻理、何をいっているんだ?」

宏がさえぎった。

「君はいったい何を考えてるんだ」

「あなたもばかなのよ、あなたなんか才華に遊ばれてただけなのよ」

麻理は突然わめき始めた。

「才華はね、ずいぶん前からその課長さんと不倫してるのよ」

「やめろ、麻理」

「いいえ、やめないわ。私調べたの。あなたの様子が変で、興信所に頼んで調べてもらったの。そしたらとんでもないことがわかったわ。ジェイムス、あなたも気の毒ね、才華はね、愛人が二人もいるのよ！　私の旦那と、他にもう一人だよ。ちょっと、信じられる?」

才華は車から飛び出そうとノブを引いた。しかしチャイルドロックがかかっていて開かなかった。

「私を降ろして！」

「だめよ」

「お願い、こんなことやめて」

「やめないわよ。ほら、着いた。宏、そこの空き地にとりあえず車をとめて。さあ、みんなで話し合いましょ」

「麻理、ともかく俺はこのまま皆を連れて帰るよ。こんなふうに人を傷つける君が信じられない。……なんてひどいことを」

「誰がひどいですって？　あなた、才華がどんな女か考えてみれば？　ともかく車をとめるのよ」

車がとまった場所は、切り崩された山のちょっとした平地で、才華は空き地の端までふらふらと歩いていった。下を見ると足元は十メートルほど高さのあるがけだった。暗がりに剥き出しになった土の色が白っぽく、あまり高くない木々の頭がそこここに見える。宅地造成のため切り崩されたままになっているのだ。民家の明かりがまばらに見える。この中に折原の家もあるというのだろうか。他の者たちも車を降りて才華を追ってきた。才華は振り向いてそれぞれの顔を見た。何をしているのかわからないほどの極限状態だと、むしろこんな大胆なことができるのだろうと彼女は感じた。酔いと興奮状態のため悪魔のような形相になっている麻理がいる。絶望と混乱の中で口を強く結んでいる宏の悲しげな目がある。そしてジェイムス。才華はさすがにまともに夫の顔を見ることができない。だが、逃げることもできなかった。

麻理は息を一度飲み込むと、またさっきのようにわめき始めた。

「よく見て、このがけの下に見える家。ほら、あのこっちから二軒目のフツーの二階建て。あれが折原崇さん、妻めぐみさん、高校二年と中学校一年の子供さんが住むごく一般的日本のサラリーマンのお宅よ」

才華は振り向いて見ることもできず、声も発しなかった。麻理はそんな彼女を見て、口元をゆがめた。

「で、そこのお父さんときたら、不倫の真っ最中。だいたい月に二、三回ホテルで才華と会っている。そのうえ彼女はここにいる私の旦那とも、週に最低一度は会っているのよ」

「才華……」

ジェイムスがうめいた。

「うそだろ？　……そういって」

才華は朦朧としながらゆっくり首を振った。もう、おしまい。だが、頭のどこかではいつかこんな日がくるのだろうとも思っていた。どうせ、なんらかの形で終わりがくることだったのだから。

そう、麻理に汚くののしられていることはすべて事実。自分にとってたとえ夢の世界であったとしても、真実は裏切りの上に裏切りを重ねた悪夢のような世界。

ああ、それにしても昨日死ねばよかった、と才華はまた昨日の夜を思い出す。折原さんが首を絞めた。ほんとに幸せだった。あのときちゃんと死んでおけばよかった。どんなに美しい結末だったろう。

「あのね、ジェイムス。彼女はひどいうそつきなの。本当のことがいえないの。だから、私が代わりにはっきりさせてあげるわ。そのために今から折原さんをここに呼び出します」

「それだけはやめて」

才華は搾り出すような声をあげた。

「もうこれ以上。お願い」

それを聞いて、麻理は得意の絶頂だ。自分を苦しめた悪魔が目の前で、破滅寸前でもがいている。

「もう遅いのよ。さっきの店のトイレで電話したからね。才華のことで大切な話があるっていったわ。来ないと奥さんにばらすって。十時半に裏山に来てっていったからあと五分で来るわ。ねえ、最高でしょ、皆さん」

才華は足元が揺らぐのを感じた。

折原が知る。折原に知られてしまう。自分が二重に不倫していたことを、よりによって大切な折原に。こんな苦しいことをあえてしたのは彼のためだったのに。彼に愛されるため、彼との仲を持続させるためだったのに。でもどうしてそれが理解されるだろう。あばずれ。男好き。セックス狂い。折原は自分のことをそう思うのだ。今度こそ、今度という今度は本当に捨てられる。

「ぐえっ！」

突然麻理が吐き出した。

「いやだ、こんなときに、ぐえええっっ」

彼女は林の陰に小走りに向かう。彼女は飲みすぎ、そして食べすぎた。確か中ジョッキに四、五杯は飲んでいた。宏がついていこうとするのを麻理はにらみ上げた。

「来ないで。あんたはそこにいるの。もうすぐあんたのライバルが来るんだからね」

ジェイムスが彼女のあとについていった。

才華と宏がその場に残された。

才華はがけに向き合った。いっそ、飛び下りようか。そのほうが楽だろう。これから起きることの一切を見ないですむ。折原のあきれ果てた顔や、ジェイムスの軽蔑、麻理の醜い笑い。でも、ここは折原の家の裏だ。こんなところから飛び下りて折原の妻が知ったら。

ああ、もうどうしたらいい？　頭が割れそうだ。

宏が後ろから抱きしめた。

「……才華」

宏の大きな身体が才華のやせた肉体を優しく覆った。

「かわいそうに。なんて目に遭ったんだ」

「ごめんなさい、ごめんなさい」

才華はさすがに涙がこぼれるのをどうすることもできなかった。

「いいんだ。俺はそれでも君を好きだから」

才華は宏の胸の中で嗚咽した。宏の気持ちが辛かった。心からこたえることができないのだから。

ああ、今に折原が来る。そしてすべて終わるのだ。少なくとも折原のほうとは。

程なく車のライトが足元を薄く照らし出した。

折原の車にちがいなかった。

助けて。逃げられるものなら逃げ出したい。

「二人で逃げよう、今すぐに」

宏がいった。

「二人でどこかに行こう、俺もあんな麻理のもとには帰らない」

才華は泣きながら首を振った。それは無理だった。

なぜならそれが折原ではないから。

なんという悲劇。

才華は宏に抱かれたまま息も絶え絶えになっている。頭が痛い。ああ、苦しい。恋なんかもういい。終わるのなら全部終わって。折原がいなくなるのなら何も残らなくていい。何もいらない。

そのときだった。

才華はあとでいくら考えてもそのとき何が本当に起きたのかはっきり思い出せない。ともかく身体に強い衝撃を受けた。そのあと宏が「あっ」と小さく叫ぶのを聞いた。そして、もっと強く抱きかかえられるのを感じた。

気がついたときには身体が前につんのめり、前に地面がないから、必然的にがけを転げ落ちていたのだ。

落ちていく間、宏は一言もしゃべらなかった。才華もだ。

夢のようだと彼女は思った。

宏はゆっくりと回転しながら、木の枝や岩肌に身体をぶつけては跳ね返った。ゴムまりのようだ、と才華は思った。痛くもなんともない。不思議な静寂だった。さっき真下に見えていた折原の家はずいぶん遠くのものだった。

明かりはすぐに視界から消えた。

才華は助かったが、宏は死んでしまった。

五

事故から二ヶ月して才華は退院した。

彼女の怪我は幸い軽い打撲ですんだ。宏の大きな身体に完全に守られたのである。本当は一ヶ月で完治していたのだが、あちこち痛みを訴えてなんとかここまで延ばしてもらったぐらいだ。

なんという二ヶ月だったろう。

宏は首を骨折していて救急車の中で息をひきとったという。あんなに若くて生き生きしていた人間が突然消えてなくなったのだ。もう二度と、あの明るい顔の輝きや心のこもったメールを見ることはできない。それは気が遠くなりそうなほどの空白感だったが、それに浸るまもなく、警察が病室を出入りしだした。何日も同じような質問が繰り返され、恐怖で精神的にずだずだにされた。担当医が頭痛止めと精神安定剤を処方してくれ、何日かして警察も来なくなった。毎日見舞いに来る夫がたまらなく、それも担当医に頼んでなるべく来ないようにしてもらった。

睡眠薬を飲んでは始終寝ていた。寝ては覚め、覚めたかと思うと眠りにつく。夢うつつの状態だったが、そうするのが一番楽だった。そうしていなければたまらなかった。悪夢に悩まされたが、少なくとも現実ではないので耐えられた。信じられないほどの孤独だったが、入院という事態がそれでも彼女を救ってくれた。きれいな一人部屋の真っ白な空間に閉じ込められているだけで、すでにいろいろな罪を償っているような気がした。

結局あの出来事は無理心中で片がついていた。

第三者ともみ合ったあともなく目撃者もいなかった。麻理は少し離れた林にいて何も知らないというし、ジェイムスは麻理を介護していて、戻ってきたときは二人とも落ちたあとだったと主張した。もちろん、折原のことをいう人間はいなかった。折原が来たことを二人とも知らなかったようだった。何より、死ぬ前に救急車の中で宏がいった言葉が決め手となった。

「心中しようとしたんです」

彼は死ぬ間際そういった。

「彼女が好きだったから。彼女に謝っておいてください」

折しも才華の街では悪質なストーカー事件が多発していて、警察はそちらに力を入れていた。事故の裏に隠された不穏な人間関係を探ることもせず、警察は去っていった。この出来事は発作的な無理心中で片付けられ、当事者の誰もがそれで納得したのである。

入院中、麻理は一度も見舞いに来なかった。もちろん、折原も。折原はあれ以来才華に連絡してきていない。こんな危険なことに近づく折原ではないことを才華はよく知っていた。折原はこの件に関しては一切無関係のままで、多分今ごろは佐賀の支社でバリバリ働いているはずだ。才華とは完全に縁を切って元の人生に戻ったのだろう。

麻理のたくらみどおり、才華は愛人を二人とも失ってしまった。

二週間分の精神安定剤を処方してもらって、才華は一人退院した。夫には先の日にちをいっておいたので、大騒ぎで連れて帰られなくてすんだ。病院の八階の喫茶店で彼女はタバコを買った。黒く光る新式の水槽で、凸面になったうその海の中を数匹のグッピーがぐるぐる回りつづけていた。

家に帰らなくてはならなかった。

病院にはもう置いてもらえないし、他に行くあてもなかった。だが、ジェイムスに会いたくなかった。彼の気持ちが辛かった。入院中も彼女を傷つけることを一切いわなかった。

孤独な才華の姿で十分だったのだろう。才華がすべてを失ったことは歴然としていたし、傷を癒して救ってやろうと思っているのかもしれない。

「退院祝いに、どこかのホテルで食事しよう」

ジェイムスは彼女の髪をなでながらいった。

「そして元気になったらアメリカに住もう。仕事の情報をインターネットで集めているんだ。君は日本語教師ができるだろうしね。両親も力になってくれる。才華には僕の国が似合うよ」

彼女はうなずいた。それがいいかもしれない。折原の匂いが残っているこの街にはいたくない。彼と過ごしたモーテルを車の中から見るのもいやだった。宏が命を捨ててしまった人間関係からも遠ざかりたい。残された家族のことを思うと申し訳ないが、麻理はともかくやりすぎたのだから。ベッドの中で彼女はジェイムスの申し出をありがたく感じたのだ。

だが、こうして病室から出され、保護してくれる場所を失ったとたん、彼女は強い不安に襲われた。それはコーヒーが運ばれてきたときで、背中に走る悪寒から始まった。胸がざわざわ音を立て、隠し通してきた真実がむっくり頭を持ち上げる。

「あれは心中ではなかった」

そうだ、あれは心中ではない。心中であるはずがない。

「宏さんに死ぬ気なんかなかった」

あのとき彼はどこかへ行こうといった。もちろん天国じゃない。二人だけで生きる場所へ、だ。折原の呪縛からも夫からの束縛からも逃れられる場所へ行って、家族を捨て、二人の愛に生きようといったのだ。

宏は自殺なんかしない。そもそもそういうタイプではない。いつも前向きで若々しく、仕事でもプライベートでも生命力に溢れていた。そして、どんな場合でも人を傷つけることを嫌う人だった。

それにあのとき宏は「あっ」と叫び声をあげた。それから二人は落ちていった。何かがあったにちがいない。

誰かに後ろから押されたのだ。

鳥肌が立ってくる。知らん顔をして元の暮らしに戻った人間のうちの誰かが二人を押して命を奪おうとした。

死ねばいいと思って。

いったい誰？

「やあ、さっそくタバコですか」

びくっとして、声のほうに顔を上げると担当医だった石田がコーヒーカップを持って立っていた。

「あ、先生。……いろいろありがとうございました」

才華はタバコを消して立ち上がり、頭を下げた。彼には本当に力になってもらったのだ。

「まったく、あなたという人はどうにも不健康ですね。入院中もあまり食べないで、コーヒーばかり飲んでいた。退院したら即ニコチン中毒というわけですか。こりゃあ厳しい監視がいるな」

石田は才華の前に座って笑った。だったら、もう少し入院させてくださいと、才華はいいたかったが黙っていた。彼が混み合っている病院で入院を引き延ばすのに努力してくれたことを知っていた。

「でもよかったですよ、元気になられて。今でも十分やせているが、入院したてのころは折れてなくなりそうなほどでしたからね」

「ご心配かけてすいません。これでも少しは太りましたから」

才華は微笑んでコーヒーを口にした。この医者は親切だった。むせび泣きをした夜、絶対秘密ですからと、こっそりウイスキーを紙コップに入れて病室に持ってきてくれたし、屋上に行ってはタバコを吸っていることも、知らないふりを通してくれた。ああ、それから「スタンド・バイ・ミー」の文庫本をくれた。そのときは、なんでいまさら青春小説をと思ったものだ。だが読んでみるとけっこう面白かった。確かに登場人物の少年たちには慰められた。

「早く元気になってくださいよ。こんなことはなんでもありません。私は職業柄もっと悲惨な目にあった人をたくさん見ていますから。あなたは身体が傷つかず、元のままで生活に戻れるんです」

才華はうなずいた。石田は、横恋慕の男に無理心中を図られたと思っているのだ。それならどんなによかったろう。二ヶ月の間、この人に何度本当のことをいおうと思ったろう。だが、いえなかった。これ以上誰かを巻き込んではいけない気がした。

「頭痛はどうですか、もうすっかり治りましたか」

「ええ、もうほとんど感じません。前はずいぶん苦しめられましたけど。先生のおかげです」

才華はバッグを持ち上げた。帰るしかなかった。

「また調子が悪くなったらいつでも来てください。それからタバコは控えめにね」

石田はそういって、また笑った。

ふた月ぶりにリビングのソファに座って、冷蔵庫のミネラルウオーターを飲んだ。

夫はめずらしく留守だった。季節は秋になり、いつのまにか家の匂いも変わっている。新聞の束が紐に括られて台所の隅につんである。テーブルの上に新しい雑誌や単行本が何冊か置かれている。室内にすんでいた観葉植物が退去させられ、ベランダが緑で溢れ返っている。なんともいえない疎外感を才華は感じる。二ヶ月というのはそれほど決定的に長い時間なのだ。宏の葬式も今では昔のことだろうし、新聞でこの出来事を知った人たちも、もうたいして覚えてはいまい。この付近の人間は別だろうけれど、かまいはしない。もともと才華たち夫婦は近所とほとんど付き合いがなかった。

それから、折原も。

何百キロも離れた南の勤務地で、才華とは赤の他人として生きつづけているであろう折原。今ではすっかり佐賀の支社で仕事にも慣れ、案外飲み屋の女たちと遊んでいるかもしれない。わずらわしさのある人間関係には、もう懲りてしまったといわんばかりに。

折原なんてそんな人間だ。

だが、今でも折原のことを考えると、胸が苦しくなるのを才華はどうすることもできなかった。折原が二人を落としたかもしれないのに。いや、いっそ折原であってほしい、と才華は何度か考えた。それならどんなにロマンチックだろう。折原が自分を愛しているという証拠ではないか？　不幸な転勤になって、絶望的な精神状態の中で発作的にやったとしても、才華にはうなずけるのだ。彼に突き落とされたのならいい。嫉妬にかられて激情の中でそれをやったのなら。折原の激情ほど素敵なものはないのだから。それにどうせ、前の日に死ぬはずだったのだから。彼に殺されるはずだったのだから。落としたあとさっさと車で逃げ帰ったのもいかにも彼らしい。彼は卑怯で、臆病だから。最初のころは、びくびくしながら新聞なんかを見ていたのだろう。今でも尾行されてないかと、たびたび後ろを振り返りながら、狭い路地を自転車で毎日支社に向かっているのかもしれない。

なんて惨めな人。悲しい人。

突然、玄関が開いた。ジェイムスが帰ってきたのだ。

「才華！　今病院に行ってきたんだ。そしたら君が一人で退院したって！　なんでそんなことするんだ」

その瞬間才華は退院したことを後悔した。百二十キロもある夫が帰ってきた。上背も体力もある人間が。

宏でも楽に突き飛ばせるだろう。

才華は不安を必死で飲み込むと、夫のほうを向いた。

「すっかり元気なんだもの。一人で帰れたわ」

ジェイムスは才華を抱きしめた。

「心配したよ。長かったよ。……でもよかった」

彼は髪の毛や顔中にキスをした。彼女はソファに座ったままそれに耐えた。自分がちっとも変わってないことに気づく。夫の性的な行為に対する不快感は相変わらずだった。

彼は才華を抱き上げて寝室に連れていき、ベッドに丁寧に寝かせた。寝室からは才華の香水の匂いが消えていた。その代わり、インドあたりの薬草っぽい香の香りがする。妙なものに凝るジェイムスならではだ。

「ともかく、今日はここで静かに寝てなさい。何が食べたい、マイ・ビューティ？　急いで買ってくるよ。ステーキ？　お寿司？　それとも外食のほうがいいかい？」

「なんでもいいけど……。そうね、外食にしない？　イタリアンが食べたい。少し寝てからシャワーに行くわ」

ジェイムスは才華の髪をかき上げ、額にキスした。

「花を買ってくるよ。愛してるから、才華」

そして、部屋を出ていった。

薄い布団を顔まで持ち上げたとき、身体が震えているのに気がついた。

夫。ジェイムス。彼は、あのアメリカ人は本当に何もしていないのだろうか？　何も見てすらいないと警察にいった言葉は本当だろうか？

いや、それどころか。

実は彼が、宏を押した張本人かもしれない。だって、あんなに身体が大きいんだもの。アメフトの選手に体当たりをされたら、いくら宏が大柄だからといってひとたまりもないはずだ。がけっぷちの人間を後ろからひと押しなんて、実に簡単なことだったろう。

とすれば、自分は人殺しのもとへ帰ったというわけだ。

また頭が痛み出した。昔から悩まされている辛い持病。考えすぎると耳鳴りがして、頭がずきずきする。がけっぷちに立っていたときも、折原のことを考えすぎたときも、麻理から変な留守電をもらったときもそうだった。そのうち、記憶を失うほどの激痛になり、倒れてしまうこともある。いやだ、この痛みは大嫌い。

また、去っていった折原のことを思い出した。

惨めなサラリーマン。企業にしがみついて、愛人にいやな思いばかりさせつづけた人。仕事と家庭が自分の正規の人生で、裏に回っている愛人には冷たい扱いをして当然という人だ。そして今も、傷ついた愛人を案ずることもなく、火の粉が飛んでこないように、こっそり姿をくらました卑怯千万な凡人。

才華は涙がこぼれ、それを布団で拭った。折原を思うとまだまだこんなに痛む胸が悲しかった。二度と彼とは会えない。彼がそもそもの発端なのに、結局彼にはなんの責任もないわけだから。

もちろん、折原は押してはいないだろう。彼がそんな自分に不利なことを、衝動的とはいえするわけがない。モーテルで首を絞めたのだって、彼にしたらプレイの一部だったのだろう。才華が本当に絞めかけたときは真っ青になってやめさせたではないか。彼にとって自分は殺す価値もないのだ。

頭痛はいよいよひどく、耐えられないほどになった。慣れない香の匂いのせいかもしれない。耳がちぎれそうだ。才華は石田の処方した薬をバッグから取り出して、そのまま飲み込んだ。

彼女は昔から錠剤を水なしで簡単に飲むことができた。それが得意だったのに、あるとき父親がそれを見とがめてこういった。

「なんて飲み方をする。おまえは喉の穴が大きいんじゃないのか？」

ひどい言葉。それ以来才華は自分が喉の穴が人より大きいと信じつづけた。

そう、父親はいつも彼女を苦しめた。喉の穴が大きい、歌が下手だ、やせていて恥ずかしい、そして耳——。

「才華、どうしたんだ？」

夫が飛び込んできた。

「すごい叫び声だった。びっくりしたよ」

才華は自分が布団をグシャグシャにして丸まっているのに気づいた。

「大丈夫よ、なんでもない」

夫は才華を起こして背中を優しくなでた。

「一人になっちゃいけないんだ。君はひどい目に遭ったんだから。花を買いに行くのはあとにするよ。ともかくお風呂に行こう。僕が洗ってあげるよ」

ジェイムスが才華のほっそりとした身体を丁寧に洗う。ボディシャンプーをスポンジにつけてまんべんなく泡立てながら。男たちはこんなふうに女を洗うのが好きだ。所有欲をかき立てられるのかもしれない。ここは俺が味わうところ、ここは俺の下で反り返るところ。

この身体は、まるで生きているおもちゃ。きれいであればあるほどそうでしかありえない慰みもの。そう思うと才華は悲しくなる。きれいになるために努力を惜しまなかった年月だった。太らないように心がけ、ウエストを細くするためにヨガを試したり、矯正ベルトをして寝ていた時期もある。何種類ものクリームを体中にぬったので冬でも足先まですべすべになった。一日二度以上の入浴のおかげで肌は光るように白くなった。

そして、男たちに愛された。だが、結局身体だけ必要とされたのではないだろうか？身体がきれいだと誉められつづけられたけれど、きれいであったために深い部分は見落とされたのではないだろうか？　魂を必要とされないお人形になってしまったのではないだろうか？

きれいになりたかったのに、なったらなったでなんという仕打ちだろう。

ジェイムスがもう彼女の小さな胸を両手でもんでいる。肩や背中に唇を這わせている。

才華は身震いした。

「今は無理よ、ジェイムス」

そして、夫の手を振り払った。

「とてもそんな気分じゃないから」

「ごめんね。才華があんまりきれいだから」

うなずきながら才華は思う。

自分がきれいじゃなかったら、今だって同情心だけで、情欲の対象にならずにすんだのだろうか？　なんてこと。こんなことを自分の夫に対して考えるなんて。

結局私は一人ぼっちなのだ。誰にも愛されていなかったのかもしれない。

案外あのひどい父親だけが、醜い私を愛してくれていたのかもしれない。

六

一週間ほどして、才華は偶然麻理に会った。デパートの宝石売り場で、ホワイトダイヤモンドの指輪を見ていたときだ。

「久しぶりね」

声をかけてきた彼女は、デパートの制服を着ていた。才華は驚いて一瞬言葉が出なかった。麻理は、髪を赤く染め、化粧もきっちりしていた。

「ここに勤めているの。……知らなかったわ」

「英語塾はやめたわ。あなたも少しは大変だったんでしょうね」

麻理は冷たくいった。

「落ちたくて落ちたんじゃないんだろうから」

「落とされたのよ」

才華はそういい返すのを抑えることはできなかった。こんな恐ろしい事態を巻き起こしたのは私だけじゃない。麻理が変なことをたくらんで、みんなの精神をぎりぎりまで追い込み、殺人の発作を起こしかねないような状況をつくったからだ。

「夫に殺されかけたっていうわけ？　それはあなたのせいだからね」

声を荒立てそうになった麻理は、それと気づいて周囲をさっと見回した。

「あなたがあちこちの男と付き合ったからよ。刃傷沙汰になっても仕方ないようなことしたからじゃないの。あなたは死んでも仕方ないことしたのよ」

「あなたが押したんじゃないの？」

才華は憎しみを込めていった。ともかく彼女がたまらなかった。テロリストのように人間関係を破壊しておいて、平気で正当なことをいっているこの女が許せなかった。才華は折原までも失ったのだから。最愛の折原までも！

「なんてことというの」

彼女は顔を近づけて歯をむき出さんばかりにした。口臭がする。それに気分が悪くなるほどの甘ったるい香水の匂いが混ざっている。才華は吐き気をもよおした。なぜ宏は彼女と結婚してしまったのだろう。

「誰にもいわなかったことをいうわ。あなたのご主人は落ちる前、『あっ』といったのよ。だから、私たちは誰かに押された。間違いないから。あなたなんじゃない？　あなたは手がずいぶん大きいからそのくらいのことするわよね」

麻理はとっさに両手を掲げてそれを見つめ、身体を震わせた。

「うそつき、またうそついてる」

「うそじゃないわ。私は被害者だわ」

「あなたが被害者ですって？」

彼女は今度こそ大声をあげた。周囲の客が驚いて麻理を見た。身体が波のように前後に揺さぶられ卒倒を起こしかねないほどだ。恐ろしい形相で客たちをにらみつけると今度は才華の手をぐいっとつかみ、店から連れ出して通路の向こうにあるトイレまで引きずるように引っ張っていった。そして才華を壁に押しつけるとその上に覆いかぶさり、猛獣のような息を吐きつけてわめき始めた。

「よくもいえたわね。あんたなんか死んじゃえばよかったのよ。石にぶつけて顔がぐじゃぐじゃになって、木の枝でおなかがやぶれてしまえばよかったんだ。あんたの夫が押したんだよ。ジェイムスがあのときどうしてたか私知らないんだからね」

才華は頭がくらくらするのを覚えた。

「どういうこと？」

「ジェイムスは私のあとについてこなかったってことよ。戻ってみたら谷底を覗いていたわ。夫が飛び込んだんじゃないんなら、誰かに押されたっていうんなら、あんたの旦那がやったんだよ。なんて夫婦よ」

「そんな。ジェイムスじゃないわ」

ちがう、ジェイムスじゃない。

「そう思うんなら、帰って聞いてみれば？　ほんとだったら、私、警察に訴えるからね」

才華は彼女のもとから逃れると、エレベーターに走った。頭が割れそうに痛み始めた。ああ、薬が飲みたい。

「逃げるつもりね、あんた！」

麻理は後ろから怒鳴った。

「人殺し！　夫を返せ」

「あなたは狂ってる」

才華は振り返りざまいった。

「そのヒステリーで宏さんを殺したのよ」

そしてエレベーターに乗った。

次の階で降りて、喫茶店に飛び込んだ。

怖いくらいの頭痛。何がなんだかわからなかった。

彼女は案内を待たずに空いている席に座り、バッグを開けた。化粧ポーチの中に錠剤の小さなケースが見えた。急いでコーヒーを持ってきてくれるようにウエイトレスに頼む。恐ろしい女。臭い息。荒れた顔。醜い言葉。けだものに犯されたような気がする。石田の薬がなければ倒れているところだったろう。

コーヒーはすぐ来た。彼女は急いで規定の倍量の錠剤を熱いコーヒーで喉に流し込んだ。喉が焼けつく音がしたような気がしたが、かまいはしなかった。頭痛以外の五感は消え失せていた。震える指でタバコに火をつける。

あの女がいった。

ジェイムスがのけを覗いていたって。本当だろうか?

もしそうなら、二人を押したのは夫なのだろうか?

まさか。

そんなことをすれば、宏だけでなく私も死んでしまうではないか。それでもよかったのだろうか?

彼は私も死んでよかったの? 夫が押したとすれば、なぜそんなことをしたのだろう。見たくもないラブシーンを見せつけられたから発作的に? 麻理の言葉どおりのことが起きていたから? もちろん大柄な彼が二人を突き落とすことはいたって簡単だ。だけど、あんなに穏やかな人が?

才華は首を振った。真に穏やかな人間。そんな人が実際この世にいるのだろうか。受け入れられる限度を超えた事態が起きたとき、おおらかに見えていた人ほど、禁忌のボーダーラインをたやすく超えられるのではないだろうか。ジェイムスは折原のように会社に縛られたり、家庭に気を遣う必要がない社会的には比較的自由な立場の人間だ。だから容易に極限状態をつくることができるのかもしれない。

コーヒーのそばに大好きなチョコレートが銀紙に包まれて二つばかり出されていたが、到底口にはできなかった。後ろを見るのが怖かった。麻理がここに来てまたわめき出しそうな気がする。

麻理……。

そう、彼女だってうそをついているかもしれない。林の奥に行ったふりをして戻ってきたかもしれない。あんな場所に皆を連れていったのも彼女だし、突然吐き気をもよおしたのも不自然だ。

彼女は長い間家族のためだけに生きていた。結婚してからすぐ子供を産み、盆や正月には夫の里に帰って嫁を演じ、出張がちの夫に代わって、難しい年頃の子供たちと格闘していた。そんな人間の献身が裏切られた。その衝撃はいかばかりだろう。きっと彼女は何もかも捨てる覚悟だったのだ。

だからといって不倫相手の女ばかりか、自分の配偶者にまで死を要求するものだろうか？　憎しみの対象はやはり不倫相手であって自分の夫ではないはずだ。女の場合特にそうではないのか？

いや、似たような話は世間にはいくらでもあるのだ。前に図書館で見た。アメリカの殺人記録だ。二人ともピストルで射殺した西海岸の妻とか、愛人の医者を彼の新しいガールフレンドごと死に追いやったシカゴの女校長とか。

人間には狂気がある。ある状況に陥れば人殺しをやってのけるほどの。

世界がゆがむ音がして、店内が汚い灰色の渦巻きになる。

それは薬のすぎた服用による副作用かもしれなかった。とっさに顔を覆い指の隙間から周囲を見回すと先ほどのウエイトレスと何人かの客がこちらを見ている。

口が裂けていた。

才華は自分が叫び声をあげるのを聞いた。

「病院に行こう……。石田先生に会わなければ」

七

「先生、あれは無理心中ではありません」

「先生以外にお話しする人がいませんでした。ご迷惑でなかったら聞いていただきたいのです。……大変な話ですけど」

「お話ししてくださるのなら。もちろん、興味本位ではありません。あなたもいいたいことだけおっしゃればいい」

「でも、誰にもおっしゃらないでください」

「わかっています」

「あのとき、私は精神錯乱一歩手前でした」

「がけっぷちに立っていたときですね」

「はい。亡くなった人の奥さんが、私と自分の夫が交際していることを知って、あの夜、私の主人を含めて、皆をあの場所に連れていきました。そして、私の夫に私の不倫を暴露しました。そのうえ……」

「……私にはもう一人付き合っている人がいたんです。そのことは亡くなった人に内緒でした。その人も麻理さんに脅されてその場に来ることになっていたんです」

「……ほお」

「麻理さんというのが、亡くなった人の奥さんの名前ですが、あの夜飲みすぎていて、気分が悪くなったんです。で、林の中に走っていき、私の夫も様子を見に行きました。私と宏さんはその場に残されました。混乱している私を彼がなだめていました。それから二人で逃げようといいました。でも、私、断ったんです」

「お互い家庭がありますからね」

「いいえ、家庭はどうでもよかったんです。……私、もう一人の人となら逃げたかもしれません。でも、でも、宏さんとは」

「……で、それからどうなったんです？　その、あなたのもう一人の相手は来たんですか」

「多分。私はがけに向いて立っていて、宏さんが後ろから支えていました。足元を車のライトが照らし始めたんです。私は、あの車は折原さんだと思います」

「私は気分がひどく悪く、頭がかんがんし始めていました。耳のへんが特に。意識を失いそうなほどでした。そのとき、誰かが後ろから押したんです」

「まさか」

「後ろからの強い衝撃を感じましたから」

「本当ですか。確かなんですね」

「宏さんが『あっ』といったのが何よりの証拠です。彼は死ぬことを考えるようなタイプじゃないんです」

「その、……押した人が誰だかわかりますか」

「わかりません。だから怖いんです。あの場では誰が押してもおかしくない。そうでしょう?」

「先生はこの事件はこれで終わったと思いますか?」


彼女が帰ったあと、石田は黒い水槽の中で泳いでいる熱帯魚をしばらく眺めていた。

どうにもたまらなかった。不定愁訴を訴えてきた彼女が悩みを抱えていることはわかっていたし、それを解きほぐしてやるのも医者の仕事の一部と、昼休みこうして病院の喫茶店で話をしたのだ。その話がもう、自分の許容量を超えていて、処方する薬どころか助言することもできず、彼としては、ただ驚愕を表に出さないでうなずきつづけたのみだったのである。

自分の非力というべきか。いや、いったいこんな途方もないことを誰が解決できるというのだ？

彼女の妄想かもしれない。その可能性は十分ある。頭痛に始まり、耳鳴りが起き、ついには意識レベルが下がるのだから、想像の世界で見たり聞いたりしたことも多分にあるだろう。他の人間の意見を別々に聞いてみなくては下せない判断だ。

だが、それにしても確かに変だ。落ちる前、男が、あっと叫んだというところ。心中を図ったとその男がいったところ。誰かをかばったのだろうか？

テーブルの灰皿に彼女の吸殻が山のようになって残されていた。あれは吸いすぎだ。日に二箱、いや、もっとか。

真っ白な体の中に真っ黒な肺か。彼女らしい。

石田はもう一度水槽のグッピーを眺めた。閉じ込められ、人工的な光に照らし出されて青く赤くチカチカしている不可思議な生き物。

石田医師はそれを才華に重ね合わさないではいられなかった。

才華はトマトの皮をむいていた。久しぶりにピザを焼こうと思っていた。

昼間に石田と話ができたので、今日は少し気が晴れている。考えてみれば、夫以外の男と二人きりで話をしたのは二ヶ月ぶりだった。いつでも連絡くださいといって、石田は携帯の番号を教えてくれた。それはまるで逢引を開始する男女の秘められたあいさつのような感じがして、才華は少しどぎまぎした。

またあれが始まるのだろうか。

まさか。石田は、主治医として、自分を心配してくれているだけ。何も深い考えなんかありはしない。あの関係をすぐに想像するなんてばかげている。不倫なんて、人生に一度起きるか起きないかの病的な出来事なのだから。それに、問題は何も解決していないのに。覆いかぶさる恐怖心も、絶えず悩まされる頭痛も、それから事件の真実の姿も。

皮をむいてふにゃふにゃになったあられもないトマトを真横から半分に切って、彼女は指先で種を取り出してみる。種は、カエルの卵のようにぬるぬるに保護されて、そこらにねっとりくっついてくる。それを水道水で洗っているうち、不意に折原のことが思い出された。

折原はトマトが嫌いだといった。あの匂いがたまらないと。

幼いころ、裏の畑に植えられていた形の悪いトマトが匂いごと食卓に並ぶのが夏中の苦痛だったと。「あら、私は好きよ。だって、イタリアンはトマトソースが命だもの。私、イタリア料理が大好きなの」というと、彼はつまらなそうに話をやめた。どんな話をしても決して盛り上がらなかった。彼は本当に話が下手だった。わざと面白くないようにしゃべっているのかと思えるほどだった。

その代わり二人はただただセックスをした。そっちのほうはどんなに繰り返しても決していやにはならなかった。二時間のデートなら二時間、五時間のデートなら五時間、二人はモーテルに直行し、セックスだけをしつづけたのだ。あんなにピッタリ合っていたはずの、二人の身体。

なのに、折原は自分を捨てた。降格？　年齢による分別？　いや単に自分に飽きたから。醒めてしまったから。

頭がまたひどく痛み始めた。

才華はトマトをいじるのをやめた。トマトの水煮缶を買えばよかったのに、こんなめんどうなことをするから、またしても折原の幻影に苦しめられるのだ。折原はチーズも嫌いなのに、今度はあれを小さく刻まなくてはならない。ピザ用にカットしてあるのがいかにも粗悪品という感じがしたのでチェダーとモッツァレッラの塊を買ったのだ。

それを包丁で刻む。

思えば好き嫌いのある人だった。水道水が嫌いで、薄いコーヒーが嫌いで、納豆が嫌いで、ファーストフードのハンバーガーは食べないといった。結局わがままな人なのだ。嫌いと決めたものは嫌い。二度と食さないし、意に介さない。

捨てた女も同じ。

嫌いなものの列の先頭は、今自分かもしれなかった。今ごろは、ほっとしながら新しい職場で自分の位置を確立し、休みには子供たちと外食をして家族愛なんかを享受しているだろう。あるいはさっそく新しいガールフレンドを見つけてしまったとか。そして、その女も独特のムードでものにし、あとはたまにセックスだけを与えて飼い殺しにして、めんどうになったり飽きたりしたら、仕事や家庭を理由に捨てるのだろう。

でも、結局不倫なんてそんなもの。そんなふうに終わらなければならないものだ。仮に互いに本当の感情の行き来があったにせよ、それに戸惑っていたらおしまいだ。情に負けて傷つけることを怖がっていたら前には進めないのだ。今更前の人生はやめられないのだ。新しい人生なんか重たくて誰にも始められやしないのだ。

寒気がした。

一瞬気が遠くなったような感覚があって我に返ると、左手首の親指の付け根が、包丁でざっくり割れていた。裂け目からは白いささみのようなものが頼りなげに見えている。黒っぽい血液がその周囲からにじみ始める。見ているうちに血の行進はなかなかに勇ましく、次々と盛り上がってはすとんと落ちていくことを繰り返す。あっというまに肘から脇に入り込んで黒いTシャツを染め抜き、太ももからふくらはぎをつたってスリッパの中までどろどろに汚し始めた。

「……すごいわ」

才華はため息を漏らした。

「死ねるわ、このまま放っておいたら間違いなく死ねる。それにちっとも痛くないじゃない。怖くもない。もう折原さんのことを考えなくてもすむ。私を殺しかけた人を探らなくてもすむ。そのうち気が遠くなる。立っていられなくなる」

右手でシンクにつかまって身体の釣り合いをとりながら、彼女はぶざまに壊れていく左手をいとおしそうに眺めつづけた。

静かな時間の流れ。ずっとこうしていたい。

いつのまにかジェイムスが近づいてきて、彼女の身体を抱きかかえるまで、才華はこの半年のうちでもっとも安らいだひとときを味わっていた。

夫とホテルのプールに行く。

温泉が掘り当てられたので作られた、なかなかおしゃれなシティホテルだ。丸く緩やかにカーブした天井は全面ガラス張りで、気候のいい時分には大きく開かれ、夜には満天の星がジャグジーにつかりながら眺められる。

才華は鮮やかな紺のビキニの上にバスローブを羽織って、プールサイドのカフェでビールを飲んでいた。

もともと泳ぐのは嫌いだった。海に行っても砂浜のパラソルの下が好きだった。水平線が熱さでぼおっとかすんでいるのを眺めたり、カンパリビヤーで酔った頭に波の音や若者の嬌声が響くのが楽しかった。ボーイフレンドの背中に無理やり乗せられて沖まで連れていかれたときの恐怖は忘れられない。手出しのできない状況に巻き込んだ彼を本当に憎んだ。砂浜に戻してと必死で頼んだ。あの男とはあれ以来会わなかった。

「才華、おいでよ、ぜんぜん浅いんだ。少しあったかいし、気持ちいいよ」

郵便はがき

恐縮ですが
切手を貼っ
てお出しく
ださい

1 6 0 - 0 0 2 2

東京都新宿区
新宿1－10－1
(株) 文芸社
ご愛読者カード係行

書　名			
お買上 書店名	都道 府県　　市区 郡　　書店		
ふりがな お名前		明治 大正 昭和　年生　歳	
ふりがな ご住所	□□□-□□□□		性別 男・女
お電話 番　号	(書籍ご注文の際に必要です)	ご職業	

お買い求めの動機
1. 書店店頭で見て　2. 小社の目録を見て　3. 人にすすめられて
4. 新聞広告、雑誌記事、書評を見て(新聞、雑誌名　　)

上の質問に1.と答えられた方の直接的な動機
1. タイトル　2. 著者　3. 目次　4. カバーデザイン　5. 帯　6. その他(　　)

ご購読新聞	新聞	ご購読雑誌

芸社の本をお買い求めいただき誠にありがとうございます。
の愛読者カードは今後の小社出版の企画およびイベント等
資料として役立たせていただきます。

本書についてのご意見、ご感想をお聞かせください。
① 内容について

② カバー、タイトルについて

今後、とりあげてほしいテーマを掲げてください。

最近読んでおもしろかった本と、その理由をお聞かせください。

ご自分の研究成果やお考えを出版してみたいというお気持ちはありますか。
ある　　ない　　内容・テーマ（　　　　）

「ある」場合、小社から出版のご案内を希望されますか。
する　　しない

ご協力ありがとうございました。

〈ブックサービスのご案内〉
小社では、書籍の直接販売を料金着払いの宅急便サービスにて承っております。ご購入希望がございましたら下の欄に書名と冊数をお書きの上ご返送ください。（送料１回210円）

ご注文書名	冊数	ご注文書名	冊数
	冊		冊
	冊		冊

ジェイムスがプールの中から彼女を呼んだ。彼は才華が少しでも楽しい時間をと、授業の休みを取って彼女をここに連れ出したのだ。才華は微笑みながら首を横に振る。

優しい夫。だが、このプールの中で一番肥満した体。泳ぐのはうまいけれど、だからといって何もあんなに本格的に泳ぐこともないだろうに。彼の派手な水しぶきを受けて、小さな子供たちがあわてて道を空けている。よけそこねたお年寄りがアップアップしている。才華はまたタバコに火をつけた。なんでいまだに夫といるのだろう。あんな事件が起きたのに。子供もいなければ好きですらない。

彼だってどうしてこんな妻といるのだろう。他の男と不倫沙汰を起こした女と。朝から晩まで英語を教えて、妻にはいい思いばかりさせて、その妻はいまだ他の男のことで心が病んだままなのに。

いい加減に立ち直らなければならない。もう一人の彼女がいう。

宏は死んだし、折原ももういない。命を救われ、恋人を失ったあとでもこうして安穏に暮らしていられるのは優しい夫のおかげだ。あきれられ、放り出されても仕方がない自分なのに、一人で生きていくために身を落としても仕方なかった状況なのに、いまだに夫に許されながら、こんなにゆったりとした時間を与えられている。自分は恵まれていて幸せなのだ。あんなことは忘れなくては。あれは悪夢にすぎないのだ。むしろ、自分のために死んでしまった宏のためにも、もう夫以外の男に目を向けるべきではないのだ。宏の純愛を支えとし、生涯の宝物とし、その気持ちに殉じながら、のちの人生を生きていくのだ。優しい夫とアメリカに渡り、日本語を教え、夏はカナダ、冬にはフロリダに行って屈託ない楽な人生を生きたらいいのだ。そこに激しい愛がなくても、いやないからこそ、宏にも許されるだろう。

その安定した幸福の道が自分はこのままで手に入る。あとは傷口をふさぐだけ。ときとともに過去にしてしまうだけなのだ。

才華はタバコを消した。夫のそばに行っていっしょに泳いでもいいと思った。そうしなければならないような気がした。折原の亡霊に悩まされ、夫のような善人を疑い、友人を憎むような自分からは縁を切って、無理をしてでも一刻も早く立ち直らなくては。

立ち上がろうとして鉄製の椅子を後ろに引いたとたん、テーブルが揺れ、上に置かれた携帯電話が濡れたタイルの床に落ちた。

ガチャンといって電池が外れた。

才華は拾って、電池を入れ直したが、同じことが前に起きたことを不意に思い出した。

あのとき、折原の車の中で携帯が鳴った。

バッグから取り出すと、画面には夫の名前が表示されている。折原は車を道路脇にとめ、エンジンを切った。そしてわずらわしそうに早く出ろとせかした。気まずい思いで電話に出た。借りているビデオを今日返してもいいかどうかという、夫の遠慮がちな声が聞こえた。才華の行動を疑い、それとなく居場所を探っているのかもしれなかった。適当にごまかしてそそくさと切ったが、不安感と罪悪感のほうはすぐには切り捨てられなかった。

折原が待ちかねて車を急発進させた。そのとき、急な振動で電話を足元に落としてしまったのである。

あのとき確か、今みたいに電池が外れた。折原はそれを見て、不快感をあらわにした。大丈夫か、という声が氷のように冷たかった。夫からの電話が気に入らなかったのだ。そんな電話、かかってこないように自分でちゃんとしとけよ、とでもいいたいような様子だった。そのくせ妻からの電話はことさらに丁寧に出るのだ。

「大変だったねえ、お疲れさん！」

とか、

「悪かったなあ、一人でやらせて。またあとで電話するよ」

などと、妙に優しい言葉をかけるのだ。それが上手にやりおおせる手かもしれなかったが、その数分後には愛人を思うがままにする男だった。

才華はほとんど発作的に折原の電話番号を押していた。

もう三ヶ月近くも触れていない数字の並びだった。電話でこちらから言ってやりたかった。

さようなら、これっきりだから。

通じるのを待ちながら、才華は今更のように思う。彼には結局愛されていなかったと。ただ時間の空いたときに抱かれていただけ、それだけだったと。今ならこう考えても多分持ちこたえられる。折原からかかってくるかもしれない期待を完全に切断しても生きていける。

「この番号は現在使われておりません。番号をお確かめのうえ、もう一度……」

機械の声が流れてきた。

事情が飲み込めたのは、三度目の放送になってからだった。

「この番号は現在使われておりません」

折原は携帯の番号を変えていた。

……折原が電話を変えた。

自分との交際を絶つため。自分からかかってくるのを避けるため。二度と会わないようにするために。多分、間違いないだろう。

「才華、おいでよ」

プールから夫が呼ぶのが耳の中で反響する。暖房のよく利いたプールサイドで、彼女は椅子に座って顔を覆い、身体をがくがく震わせ始めていた。

そうなんだ。そういうことなんだ。彼は自分との関係を、電話線を切るようにとうとう切ったのだ。これで完璧だ。才華のほうは、彼がどこに住んでいるのか知らないし、携帯以外二人をつないでいたものはなかったのだから。

いいじゃない、これでいいんだ。今では自分も望んでいたことだ。折原が先に手を打っただけのこと。あんな事件があり、転勤してしまったあとで、いったい二人の間に何があるというのだろう？　だからこれでいいんだ。すっきりしたじゃない。もう、決して何も起こらない。もともとなんの進歩もない関係だったのだから。

彼女はふらふらと立ち上がった。

夫のそばに行って、下手な泳ぎをしなければならない。自分は何も失っていない。折原は降格した。自分はなんでもしてくれる夫がそばにいる。折原は単身で不自由に生きている。自分はこうして夫に心から愛され、贅沢をさせてもらっている。折原より自分のほうが幸せだ。折原なんかこのまま二度と這い上がってこられないのだ。このまま落ちぶれて支社で一生終わるのだ。それだけの器だもの。

あんな人。あんな汚い人。

プールの水はなめらかで温かく、外にいるよりむしろ心地よかった。なぜ、水に入ることをあんなに毛嫌いしたのだろう。夫がうれしそうに何か話しかけているが、何を言っているのか聞き取れなかった。頭がずんと重いので、水の中に入れてみる。思い切って耳までつけてみる。ウーンというような感覚が気持ちを楽にする。目を開けるとやせた身体が淡い翠の中でゆらゆら揺れているのが寂しげに見える。

不自由で芸術的。

こんな世界に魚のように住めたらいいのに。くだらない思考しかしてくれない脳みそなんかなくして、深海をふわふわ泳ぎつづけるのだ。

息をつごうとして水の上に頭を持ち上げかけた。

その瞬間だった。

頭が上から強く押さえつけられるのを感じた。

鼻と口から吹き出る泡が顔を覆う。

ぼこぼこ、ぼこぼこ。

彼女は手を伸ばし、何かにつかまろうとする。ばかみたいに平泳ぎの真似などをしてみる。

どうにもならない。

誰かが自分の頭を押さえている。水中で固定されているのだ。もう、地上で息をしないように、このまま呼吸がとまるように。

殺されるのだ。彼女はぼんやり感じた。

このままあと二分、いや、一分で十分かもしれない、こうしていたら自分は水を飲み、肺胞をぱんぱんに膨らませて死んでしまう。呼吸困難の苦悶の表情で、目を見開いたまま、だらしなく舌を出して。

どうにもならない。上からの力は相変わらずだし、対抗するには自分はあまりにもやせていて無力だった。

とうとう体から力を抜いた。

ぼおっとする心地よい一瞬があった。ああ、これで死ねるんだ、まあいい。ともかく死ねるのだから。

突然身体が持ち上がった。

「才華、どうしたんだ？　大丈夫か」

夫が彼女を水から引き上げ、抱きかかえていた。

「何をしているんだ。溺れてたよ、こんな浅いところで。どうしたっていうの」

ジェイムスはそのままざばっとプールから上がった。才華をリクライニングシートに座らせると、乾いたバスタオルでぐるぐるに巻いた。

ひどい吐き気。夫が背中をさすっている。

「大丈夫？　大丈夫？」

才華はタオルに身を潜めたまま、首を横に振った。

「コーヒーを、コーヒーを買ってきて」

ジェイムスが注文に行っている間、才華は身体を丸め、なおも体を震わせていた。

なんだったのだろう。いったい何が起こったのだろう。

でも、もし、自分が感じたとおりなら、あまりにも明白なことが起きたのだ。

「石田先生、助けて」

唇の震えをとめようと指先を当てた。だが、それのほうがもっと震えていた。

「今度こそ、本当に犯人がわかったから」

八

「夫に間違いありません」

「ご主人があなたをがけから落としたというんですか」

「はい。あれからも何度も殺されかけました。私が許せないのです」

「殺されかけたって。どうやって」

「台所で手首が切れたときも後ろに夫がいました。プールで水の中に押し込められました。他にも思い出したら、それらしいことがあるのです。今、家を出てホテルで暮らしています。このままだと本当に殺されてしまうから」

「どうにも信じられませんね。まあ、たとえご主人がそうしようとしたとしても、寝ているときとか、食事に何か混ぜるとか、簡単な方法はいくらでもありますからね」

「そうでしょうか。でも、発作的に私を殺そうとした場合はどうでしょう。他の男のことで思い悩んでいる私に発作的に腹が立って思わず手をかけてしまうのです。ふだんは我慢できることが極限状態の中で許せないんです。男と会っている私、男を思ってぼんやりしている私、男から縁を切られ、携帯を持ったまま苦しんでいる私。誰が考えても、夫としてこんな妻の不安定は到底許せないでしょうから」

「ご主人にはなんといったのですか」

「プールに行った翌日黙って家を出ました。三日前です。今は市内のホテルに泊まっています。友人のところに行くと書き置きしました。しばらく家を空けるけど心配しないで、連絡は入れるからと。もちろん、二度と帰るつもりはありません。もう、どうしようもないのです。あんなことがあった以上、努力したからといって私たちの溝が埋まるはずもないし、優しい夫が本当の鬼になってしまう前に私が消えるしかなかったのです」

「……これからどうするつもりですか」

「わかりません。……今はただ、ものすごく辛く、寂しいです。ホテルの部屋で二日間、一人で過ごしました。本当に一人ぼっちでした。私のせいだとはわかっています。でも、……身体が凍えるほど、たった一人なんです」

その夜石田は才華を連れて彼女の宿泊しているホテルの最上階にあるラウンジに行った。そこは贅沢な雰囲気のバーで、観光客やカップルが夜景を楽しみながらロマンチックな夜を過ごすのに絶好の場所である。細長い店の片側全部がガラス張りで、きらきら光る街の明かりと黒い海が世界の半分ずつを占めている。夜の海のそこここでは往来する船の明かりが頼りなげにちらちら揺れていた。

彼女とここに来たのは、もちろん彼女があまりにも不憫で、少しでも元気づけられればということもあった。

だがそれ以上に石田は彼女とプライベートに会いたかったのだ。

彼は八年前に妻を亡くしていた。才華は久しぶりに心を動かされた女だったのである。彼女からの連絡をずっと待っていた自分が確かにいたし、診療をしながらあの人は大丈夫だろうか、なんでもいいから連絡をくれればいいのに、と、毎日のように着信履歴を確認していた自分がいたのだ。

季節柄、ボジョレー・ヌーヴォーがカウンターに何本か置かれていた。才華に勧めて、石田はその一本を開けてもらった。アンチョビとなすびのピザや、カマンベールチーズがそえられたフランスパン、ガラスの皿に盛られた南国のフルーツや、ブランデーグラスに入れられたセロリのスティックなども、彼女が少しでも食べるかもしれないと、勝手に注文してみた。そして、それらをつまみながらアルコールが回り、次第にほほが赤みを帯びていく彼女を見てほっとした。

食べすぎてあと十キロ太ったって標準体重にも届かないだろう。

タバコを吸い、グラスを口に運ぶほどに才華はもつれた心をほぐしてゆく。今までいわなかったこともぽつぽつ話し始めた。

あの日車で来たかもしれない本命の男。確か折原といったその男を、身も心もさいなまれるほどに愛していたことも、その日石田はわかった。彼女は二年近くもの間、彼との逢瀬だけに生きていたのである。巻きぞえをくって死んでしまったもう一人の男は気の毒というしかない。彼女の苦悩はだからいっそう複雑だった。

しかもそんな自分の行状を悔いながら彼女はなおも折原への未練で苦しんでいた。それは石田にとって決して楽しいことではなかったが、もう二度と会うすべのない男を思っている美しい女は別の意味で魅力的だった。

彼女の身体からは愛を欲する性的なエネルギーが驚くほど放出していて、それは男には容易に嗅ぎ取れた。その証拠に、他の若い女たちを尻目に、カウンターの男たちの視線を彼女は一身に集めている。それを知ってか知らずか、彼女の時折見せる流れるような視線は一種妖気を含んでいた。

そして、才華が酔いとともにだんだんと気持ちを開放していき、今日だけでも自分に気を許してしまうのを待っているにちがいないと、石田は医者らしく自分自身を分析していた。

彼女を好きなのだ。石田は思った。

いや、彼女が救急車で運ばれてきて、救急処置室であの透明な肉体を見たときから、一目ぼれしていたにちがいない。

「今もいろんな思いで胸は痛いままです」

才華はいう。

「忘れたいことがありすぎて。でもそれはまだあまりに身近で。忘れていいものと忘れるべきでないものとが私の心に絡みつき、なかなか離れていってくれません」

「どんなことも時間が解決しますよ。僕のささやかな経験では」

石田は彼女を見ているうちに、自分も八年来の禁煙をやめて、タバコが吸いたくなる。カウンターの磨かれたテーブルの光に照らされて、彼女の白い顔が陰影をもっていよいよ絵画的にきらめいてくる。彼女から吐き出される煙が自分にまとわりつくのが心地よかった。

すっかり酔ってしまった才華を石田は部屋まで連れていった。

もし才華がこれほど酔っておらず、自分でカードロックのドアをうまく開けられていたなら、石田は彼女を助けて部屋の中まで入っていったりしなかったのだろうか。いや、多分何か理由をつけて彼女の部屋に入ったにちがいない、とあとから石田は思うのだ。

才華は極めて自然に服を脱ぎ捨てた。

裸になった彼女はまるで少女のようにあどけなかった。

小さくてこんもりとした胸も、きゅっとくびれている腰の線も、開かれると恥ずかしそうに呼吸するあの湿った部分も、これが四十歳の女性のそれとは信じられないほど、無垢で痛ましいほど清純そのものだった。なのに石田が入っていくと、待ちかねたように襞が折り合って石田を包み、その快感に石田は思わず声を漏らした。

「すばらしい、あなたは」

石田は彼女の唇を夢中で吸った。彼女の腕が石田の首にゆっくり巻かれる。

「ああ、気持ちいい」

今度は彼女をうつ伏せにする。肩から腰にかけての線が滑らかで輝くほどに白かった。

あまりにきれいなので嫉妬が芽生え、少し荒っぽく両足を開いてみる。彼女の上半身がそれに反応して弱々しくよじれる。尻を持ち上げ敏感な部分に顔を近づけると、そこを両手で開いて舌でゆっくり愛撫した。びっくりするほど濡れていた。石田はそれを全部飲み尽くした。

もっともっとほしかった。彼女の身体から出てくるものならなんでも浴びるほど飲んでしまいたい。

「初めてだ」

石田は夢中で彼女を愛しつづけた。愛しながら、こんなふうに男たちは彼女にはまってしまうのだろう、とぼんやり感じた。こんな身体からこんなセックスが与えられるのなら男のほうはどうしようもない。

まったく、彼女は魔そのものだった。


それから、才華はしばらくホテルで過ごした。朝は遅く起きてシャワーを浴びたあと、最上階の喫茶室で供されるフランスパンだけのモーニングを食べた。それからそこで雑誌や新聞を読み、コーヒーのお代わりをしてタバコを吸い、そうやって昼過ぎまで過ごした。それから部屋に帰って冷蔵庫の缶ビールを取り出し、テレビをつけたままそれを飲み、昼寝をした。

目が覚めてからシャワーを浴びて、化粧をし直し、夕食用に服を選んでいるころ、決まって仕事を終えた石田が訪ねてきた。あれから彼は当直以外の日は必ず才華に会いにきていた。彼女を繁華街に連れ出して美味しいものを食べさせ、それからショット・バーやワインを飲ませるラウンジに連れていった。実際のところ、大学生の息子への仕送り以外、石田の給料はたいして使い道がなかったのだから、毎日こうやって過ごしてもなんの問題もなかったのだ。石田はただ才華がたくさん食べる姿を見たかったし、めずらしくて美味しい酒も飲ませてやりたかった。それからホテルに戻って彼女と深夜まで過ごした。

石田がそうしたのはもちろん才華と毎日でも会いたかったからだが、彼女の抱えている不安の正体がいまだつかめていないこともあった。

事件の真相もわからないままだ。探偵のように是が非でも解明したいとは思わない。もうすんでしまったことに、外科医的発想の人間は執着しないものである。だが、彼女のいうように、夫が殺人犯で、今でも彼女を狙っているのだとしたら話は別である。危険が実在するのなら取り除かなくてはならないと思うのもまた外科医的発想である。しかし警察に知らせるにしては客観的証拠がない。彼女の話だけで警察が動いてくれるとも思えない。

さらに彼女のいっていることが正しいとは限らない。

彼女は精神的にある意味病んでいるのだ。彼女の脳がつくり出したものといえなくもない。それなら彼女は極度に張りつめ、妙な妄想に取り憑かれているわけだから、よけい目を離すわけにはいかない。いつ自殺するかもしれない。

「自殺……」

というところまで考えて、石田ははっとした。

「自殺か」


この二週間のホテル暮らしで、才華は異様な状況からやっと少しだけ足を抜きかけている自分を感じていた。

異様な状況は折原と付き合いだした二年前から始まったのだと思う。二年の間、生活には現実感がなく、ふわふわ生きていたような気がする。きれいなものを見るとすぐ涙がこぼれ、またしても空想にふけり、すぐに同じ感情にいきついてそれに悩まされ、その重さで苦しんでいた。折原の携帯の番号と折原自身が混同し、あの数字の並びに似ている数字を見つけては胸を痛めた。なのにわざわざそれを探していた。

そうだ、彼の車と同じ車種を見ても、ナンバープレートが似たような車を見ても心がかき乱された。その車の中に女でもいいようものなら、あっというまに折原が他の女と会っているところを想像した。一番苦しい場面を思い描いてそれがために自分で自分の心にひどい傷を負わせていた。

今思えば、折原はいつも別れようとしていた気がする。

自分にはこの付き合いをつづけることがどんなに過酷でも、それを超えるだけの恋情があったのに、折原はそうではなかったのだと思う。彼のいろいろなやり方を見れば、別れの時期を常に設定しようとしていたことは間違いない。それが二年も繰り返され、うすうす感じては否定して、身も心もぼろぼろにされていったのだ。

それでもなんとか生き長らえていたとき、あの事件という極限状態があった。その後ですら何ヶ月も彼への思いは才華の心を占めていた。

なんという恋だったろう。

変われそうになれたきっかけは、結局彼が携帯の番号を変えたことだったのかもしれない。

恐ろしいほどばっさり切り捨てられたけれど、決定的な通達が才華の中にある種の決別をもたらしてくれた。

自分からは切れない男だったから。

今では石田医師の愛を受け、毎日この居心地のいいホテルで、夫の恐怖からも放たれて傷を癒している。あのひどい頭痛や耳鳴り、感情の落とし穴は今はない。もっとも感情の方は考えないようにしているだけだが、それができるようになったのも進歩といえるだろう。


「やっと終われるのかもしれない」

才華はモーニングのあとで、突然空腹を感じ昼食を注文したときに、初めてそう思った。夕方からビールを飲まなくても過ごせたし、食欲も戻りつつあった。


「夫とは離婚するわ」

ワイン・バーで才華がいった。

「離婚届を送るわ。それしかないことを夫はもうわかっているはず。あの人のことを訴えようとは思わない。……だけどもう会わないで終わりにしたい」

「大丈夫だよ」

石田は彼女を包み込むように微笑んでみせた。

「きっとうまくいくよ。アメリカ人は個人の意思を最大限に尊重する国民だから」

石田は才華のグラスに自分のグラスを合わせた。そしてぐいっと飲み干すと思い出したようにいった。

「京都に行かないかい？」

「……京都？」

「突然だけど、この土、日に京都のMホテルで学会がある。そこのホテルに泊まるようにしていたけれど、キャンセルする。祇園の老舗旅館に泊まろう。京都の会席料理もいいだろう？　ちょうど紅葉のシーズンだし、いっしょに嵯峨野めぐりしてもいいね。湯豆腐なんかを食べて」

「素敵、京都は何年ぶりかしら」

才華は素直に喜んだ。

「でも、祇園の旅館なんて、そんな贅沢しなくてもいいわ」

石田は明るいバーなのに人目もはばからず才華のほほにキスした。

「なんでもしてあげたいんだ。君が一番好きなようにしてあげたい。君が旅館よりホテルのほうが気楽ならそれでもいい。それなら鴨川沿いの料亭で京料理を食べないかい？　あのへんは不思議な時間が流れていてとてもいい」

「……どうしてそんなにしてくれるの？」

才華が目を潤ませて彼を見つめた。

「私みたいな、困った人間に」

「好きだから」

ありがとう、と才華は小声でこたえた。

「祇王寺って知ってる？」

石田は才華のタバコに火をつけてやりながらいった。

「嵯峨野の奥にあるんだ。嵐山からずっと歩いて、なんだか民家の間みたいなところを通った気がするな。寺といっても小さな草庵でね、木に覆われた門が実にいい雰囲気なんだ」

「素敵な感じ」

石田はつづける。

「いわくつきの寺でね。平清盛の寵愛を受けた祇王という白拍子が、他の白拍子にその座を奪われ、出家して母や妹とともに移り住んだ場所なんだ」

「……そうなの」

「質素なわらぶきの建物でね。清盛から捨てられ贅沢な暮らしから一変したそこでの毎日はどんなだったろうな。本堂の前に苔の生えた前庭があってね、そこにはもみじだけが植えられている。それが晩秋、落葉して苔を赤で埋め尽くすんだ」

才華は無言でうなずいた。

「苔の緑とすばらしいコントラストでね、そこのもみじの色は血の赤だという人もいる」

「血の赤」

「千年を超えた女の情念だそうだ」

才華は唇をかんだ。

「そんなところがあるのね」

そして、煙を吐き出した。

「見てみたい。……血の赤に染まったもみじ」

九

そして、才華は今石田と祇王寺に来ている。晩秋の京の空は驚くほど晴れ渡り、湿度と気温の低さからか、空気はさえてあたりはピンと張りつめていた。

祇王寺は才華の想像どおりの場所だった。しかし、この世でイメージしたとおりの場所などそうそうあるだろうか？　以前出かけたナイアガラの滝も周囲のホテル群と観光客の車の群れで張子の虎のような印象を持ったものだ。

ここはちがう。どんなに観光客があちこちで写真を撮り合っていたって、団体旅行の主婦たちが間の抜けた歓声をあげていようとも、かもし出されている不思議な雰囲気を誰もどうすることもできない。

わらぶきの小さな庵は背景の山と同化して、凛として美しい。それは二十一の若い尼が、恋情を拭い去りながら祈りつづけた苦悩の日々を、時間の流れとともに少しずつ和やかな人間の生きざまに変えていったのだと思わせてくれる。そうやってでも人は生きていける、母とともに、もはや恋のいざこざに巻き込まれることもなく安らかに生き延びていったであろう、彼女の後半生の静かな暮らしを、それは無言のうちに肯定的に語っていた。

だが、いったん目を前庭の苔庭に移したとたん状況は変わるのだ。

いまだに細くうねりながら空に伸びようとしているもみじが、その美しい衣を苔に撒き散らしている光景はまさに壮絶だった。血の色のように、いやそれよりも紅く激しく発色したもみじが緑の苔に宝石のように撒かれている。散ってもなお鮮やかな色は、朽ちることもなく、このまま冬が訪れるまで燃えながら苔の上で生きつづけるのだ。

才華は苔に撒かれた見事なもみじの散りざま、いや生きざまを見たとたん、頭がぐらっとするのを覚えた。

「祇王さまがここに来られたときはわずか二十一歳でした」

隣で団体のガイドが説明をしている。

「それから亡くなるまでここにお住みになりました。三十六歳で大往生を遂げられたのです」

三十六歳で大往生？　そんなことがあるだろうか？

三十六歳なんて、まだまだ女の盛りではないか。熱い身体を祈りの服に包んで、三十六の女が思いを内に秘めたまま、ここで飢え死にしたのだ。髪を剃ったからといって思いまで絶てるだろうか？　十八のときにおそらく初めて男に抱かれ、三年間も男の激しい愛を受けとめつづけて、それがすっかり身体に染みついたというのに、猫のように捨てられたのだ。

思いはどうなるの？　愛されることが癖になった若い身体は？　誰にそれがわかる？生の人間としての自分を捨て去らなければならなかったほど男を愛した女の気持ちなど、いったい何人の人間にわかるというのだろう。

突然折原が襲ってきた。

彼は清盛そのものではないか。自分の都合だけに生きた人。女をセックスの相手以上に見ることをしなかった人。女にも、いや女こそ深い感情があり、一生の恋があり、あたりまえの生き方を捨てることを辞さない勇気さえあるのに、彼らにはそれがわからない。それを認めないいし、求めない。けれど女はそんな男をわざわざ愛してしまう。愛して愛して、だから捨てられる。

愛するがゆえに、愛されなくなるのだ。

「才華、どうしたんだ」

木にもたれかかって荒い息をつき出した才華に石田は走り寄った。

「気分が悪いんじゃないかい」

「頭が、頭が痛いわ」

才華は目を強く閉じて唇を震わせていた。

「それから、……耳も、耳も痛い」

石田は才華をその場にしゃがませた。彼女は顔を覆い、頭を激しく振った。

「ここから出たい。ここから出して」

石田は抱きかかえるように才華を寺から連れ出した。土産物屋でタクシーを呼んでもらい、到着するまでの間、彼女を店先に座らせて、店の人に熱いお茶を頼んで持ってきてもらった。

石田には才華が今恐ろしいほどの苦悩の中にいるのが見て取れた。

「なぜ、なぜ私をあそこに連れていったの」

彼女はやっといった。

「ひどいわ、ひどすぎる。私は祇王じゃない」

意外にも石田は黙っていた。それどころか怜悧な医者の目で彼女を観察するように見つめている。

「助けて、頭が痛い、耳が、耳が」

石田は薬を取り出してそれを彼女に渡した。才華はそれを奪い取って喉に流し込んだ。

程なくタクシーが到着した。

「才華、乗ろう」

石田は彼女をタクシーに乗せた。

「清水寺に行ってください」

「なぜ?」

才華は搾り出すような声を出した。

「ホテルに行く。ベッドに寝させて。もうもみじはいい!」

「もみじじゃない」

石田は才華を見ずにいった。

「清水寺でわかるかもしれない。今ならわかるかもしれないんだ」

薬を飲んでも治らない頭痛のまま、才華は清水寺に連れていかれた。どんなにいやがっても石田は許してくれなかった。彼女の手を引っ張って、大伽藍の境内の階段を引きずるように上らせる。

才華はもう何がなんだかわからないまま、石田のするに任せていた。

頭の中は祇王寺の混乱のままだった。

折原に取り憑かれている。いや、折原が取り憑いている。

憎しみでも、欲望でも、愛情でもない。ただ、彼は取り憑いていた。顔も思い出せないほど遠い人なのに、彼の何が自分を支配するのだろう。

気がつくと才華は例の大舞台の上に立たされていた。

眼前には紅葉したもみじが幾重にも広がって、巨大な杉が二本、遠くにそびえていた。たくさんの観光客がここにも来ていたが、才華の目には入らなかった。

今思考の中心は折原と舞台から覗き込んだ奈落の底だけだった。

頭痛でさらに朦朧とする。耳鳴りで石田の声も聞き取れないほどだ。

だが、石田は耳元でこう繰り返しているのだ。

「君は折原という人間を許していないんだ。君を大事にしなかったただ一人の男だった。君が自分のわがままを抑えてぎりぎりまで耐え忍んだのに、それを理解しなかった人間だ。君にはなぜだかわからない。だからいつもその疑問に苦しんでいる」

「私はもうあの人のことは忘れられます」

才華は叫んだ。

「あんなところに行ったから思い出しただけよ。誰だってそうでしょう？　そんなに切り取ったみたいに昔の恋を忘れられるはずがない。だけどもう私は大丈夫なの」

「君が一番来てほしいときに、君が一番寂しいときに彼は決して来なかった。彼は来れないんだ。彼には劣等感がある」

「彼に？　彼になんの劣等感があるの」

「君が完全にきれいだから」

「ちがうわ！　私は、私は、耳が、耳が」

才華はとうとう欄干を乗り越えた。

頭痛は極限に達していた。欄干の外側の五十センチほどの板の上から身を躍らせようとしたとき、石田が彼女の身体をがっちりと支えた。

才華はすでに気絶していた。

「そうだよ、君はあのときもこうした」

石田は才華の身体を抱き上げた。

額にぐっしょり汗をかいていたが、彼女は救われたような呼吸をしていた。

境内を引き返しながら、腕の中で気を失っている才華に石田は語りつづけた。

「君が、君が飛び下りたんだよ。あのときだって君がやったんだ。全部君がしたことなんだ。かわいそうに、君はいつも自殺しようとしていたんだ」

十

祇園の小料理屋で才華は石田と京料理を食べている。

彼らは暖簾が下りてからすぐの客だったが、晩秋の京都の夕暮れはもう間近だった。湯葉のさしみ、豚肉の京野菜の煮込みなどが供され、石田は赤ワインをハーフボトルで注文した。

「苦しい目に遭わせて悪かった」

石田はまず謝った。

「だけどどうしても解明したかった。それが君を救う道だと思ったんだ。事件から立ち直る唯一の道は真実を知ることだろうと」

「私が飛び込んだのね」

才華はぽつりという。

「そうかもしれない。今思えば。あれもこれもそうにちがいない。……でもどうして」

「才華、これをいうと君がひどく傷つくかもしれない」

石田は箸を置いて才華のほうを向いた。料理人は気を利かせてカウンターから姿を消している。

ジャズがしっとりと流れていた。

「君は耳垂裂だったんじゃないのかい？」

とたんに才華は目を見開いた。

「ひどい！　ひどい！」

「何が？」

「いつ知ったの？　いつ、いつ」

「君といっしょに過ごした夜だよ。僕は医者だからわかったまでだ。たいていの人間にはあのくらいの傷わからないだろう」

「私、不完全な体で生まれたのよ」

才華は大粒の涙を流し始めた。

「父さんがいつもいってた。『かわいそうに、おまえは人並みじゃない。耳があんなに割れてる。嫁にも行けない、家の恥だ、家の恥だ』て……」

「なんてことを。そういわれたの」

「ずっといわれたわ。小さいときからずっとずっとよ。私は髪で耳を隠し、いつも人影にいた。そのうえ歌も下手で、喉の穴も大きかったの」

才華は両目から流れる涙を拭こうともしなかった。

「手術をしたわ。そのあとで高い熱が出たわ。何日もうなされた。耳はくっついたけど、その代わり耳鳴りが残ったの」

「耳垂裂なんて、今では外来でできる極簡単な手術なんだ。どうってことないんだ。それなのに、ああ、なんて目に遭ったんだ」

石田は親指で才華の涙を拭いてやった。

「多分手術のあと耳に入れられたガーゼを取り出すのを忘れたか何かだろう。それが耳の中で腐って化膿したんだ。君は耳鳴りが残り、そのたびに手術の前の自分を思い出す。君が忘れてしまいたいことだから」

「ええ、忘れてしまいたいわ。ほんとに辛かった。生きていたくなかった。手術のあと家を出たわ。あの街には二度と帰りたくない」

才華は肩を震わせた。今や、彼女は声をあげて泣いていた。

「でも耳鳴りが思い出させるの。私は、本当はきれいじゃない。人前に出てはいけない。

一人ぼっちの醜い人間なんだと」

「だから自分を消し去るために死のうとしたんだ。苦悩が頭痛を呼び、それが耳鳴りを発症させる。耳鳴りは思い出したくない過去と連続しているから、思い出してしまう前に自分を封じてきたんだ。でもね、才華」

石田は彼女の濡れたほほに自分のほほを当ててそれからキスをした。

「そんなことは本当になんでもないことだったんだよ。君を案じるお父さんの言葉に繊細な君はひどく傷ついたけど、どうってことのない話なんだ。僕の学んだアメリカでは、やけどをしたら整形手術を受ければいいし、腎臓を悪くすれば移植してもらえばいいくらいに皆考えているよ。僕だって若いころナイフで怪我をして左手の小指の腱が切れている。今でも曲がらないままだ。誰にだってその程度のことはあるんだ」

「私を弱虫だと思わないで。あなたには決してわからないから」

「弱虫なんて思わないよ」

「きれいになりたかった。誰よりもきれいになりたかったの。だから努力したの。きれいな身体になるために一生懸命だった」

「君は驚くほどきれいだよ。こんなにきれいなのに」

「きれいじゃないのよ」

才華は再び嗚咽し始めた。

「耳のことがある限り、耳鳴りがある限り、必ず思い出すわ。私の割れている耳、醜い耳」

石田が才華を抱きしめた。彼の胸で才華は泣いた。

「僕が二度と耳鳴りが起きないような幸せをあげるから。誰よりも愛している。君にたとえ耳がなくたって、君はたくさんの男を虜にしたにちがいないよ」

才華は石田の胸で少し笑った。

「ありがとう、石田先生」

「先生はやめてくれないか」

石田は才華を離してからいった。

「これからは他の言い方で呼んでほしいんだ。だって、僕はそのうちに君にプロポーズするつもりなんだから」

才華は恥ずかしそうに微笑んだ。だが、突然眉をひそめた。

「でも、……じゃあ、宏さんはなぜああなったの」

石田は顔を曇らせた。

「彼は飛び下りようとする君をとめられなかった。だからいっしょに落ちてしまったんだ」

「じゃあ、私が殺したの」

才華は顔を覆った。

「ああ、どうしよう、どうしたら……」

「才華、誰のせいでもないよ。彼は君といっしょに飛び込んだんだ。もちろん自分の意志だ。だが彼は君を助けることができた。自分の身体で守ることができて幸せだったはずだ」

「まさか、……死んでしまったのに」

「いや、僕にはいいきれる。彼はほんとに幸せな人間だ。僕だってそこにいればそうしたかった。そんなことができる場面なんてそうありゃしない。彼はそれに当たったんだ。宝くじみたいなものだよ。中世の騎士のようにお姫様のために死ねたんだから、彼は誰より幸福な人間だよ」

もう一人の男より、といおうとして石田は口をつぐんだ。

その男が実際あの現場に来たかどうかは知らない。おそらく来てはいないだろう。不都合から逃げ惑いながら都合よく生きつづける人間に、ある種の感情は届かないだろう。

彼こそ一番不幸な人間なのだ。

彼女を捨てた時点で、彼は愛に見捨てられたのだ。

「斉木という人はこの世で一番すばらしい死に方をしたんだ」

石田はいい聞かせるようにいった。

「愛されることが問題じゃないんだ。愛したことが、その人のために自分ができたことが彼の生きていた証なんだ」


半年経った。季節は春に向かっていた。

才華は離婚し、ジェイムスはアメリカに帰っていった。彼は最後まで彼女のことを心配し、石田に握手を求めてから才華のもとを去っていった。

それから才華は石田と婚約した。

英会話教師もまた始めて、二人の休日にはホテルでブランチを食べたり、ジャズやコンサートに出かけた。

石田は彼女のためにツーシートのオープンカーを買った。

「大人気ないと思わないでくれ」

石田は才華に照れながらいった。

「これをするのが夢だったんだ。恋人と白いオープンカーに乗る。かなえられるなんて思わなかったよ」

連休には海外に行こう、と石田はいう。

才華の一番好きな国に行って、美味しいものを食べ尽くし、きれいなものを見てこよう。

大好きな、大好きな、僕の才華。

エピローグ

その日、石田は当直だった。

才華は旅行代理店から集めてきたイタリアのパンフレットを喫茶店で広げていた。本場のパスタ、本物のミケランジェロ、それからカンツォーネ。

憧れの異国に思いをめぐらしているときだった。

突然携帯が鳴った。

石田かと思って画面を見た。

見たこともない電話番号だった。

「もしもし」

数秒の沈黙のあと、忘れかけていた声がした。

「元気？」

才華は戦慄した。

折原からだった。

「まさか。……折原さん？」

「どうしているの」

才華は携帯を握りしめた。

折原がかけてきた。才華から離れ、携帯の番号を変えて才華を拒絶した男。

なのに、なぜ、なぜ今ごろ？

「……元気よ」

才華はやっと言葉を絞り出した。平静を保とうとしても無理だった。胸から溢れる感情の正体がわからない。苦しんで苦しみ抜いてやっと忘れられた男だった。最近では思い出しても苦しみを伴わなくなっていたのだ。彼はすっかり過去のはずだったのだ。

「あなたは、元気？」

「ああ、忙しいよ」

いつもの、いつもと変わらない折原の愛想のない言い方だった。なのに、それを聞いたとたん胸が昔のように締めつけられた。

折原の声が今聞こえている。夢にまで見たあの折原の声なのだ。

「今、出張で戻ってきているんだ」

「……そう」

「会えないかな」

「うん」

即座にこたえながら、才華は目から流れ出る涙をとめることができない。ただうれしくて懐かしい。なんでもいい、苦しんだことなんか、枯れるほど泣いたことなんかもうどうでもいいのだ。

会いたい。今、どうしても会いたい。

「じゃあ、三十分後ぐらいに、あの角でね」

そういって、電話は切れた。

すでに身体の血が逆流を始めている。あわててバッグから化粧ポーチを取り出してみる。

今日の私はきれいだろうか？

あの角といわれた交差点までどんなにゆっくり歩いたって十五分とはかからないのに、もう喫茶店にいられなかった。イタリアのパンフレットをテーブルに置いたまま、彼女は席を立った。

信じられないほどの悦びがあった。

才華は深呼吸しながら扉を開けた。

そして、あの角に向かって夢遊病者のように歩き始めた。

著者プロフィール

上田　塁（うえだ るい）

ＤＪ、タウン誌編集、米語学留学、ホテルフロント、画廊秘書など、
さまざまな職業を転々としながら、人生の研鑽を積む。

本書は小説としてはデビュー作で、抑えつけても結局は制御できない
人間の情念の激しさをこれからも丹念に描いていきたい。

愛人体質

2002年8月15日　初版第１刷発行

著　者　上田 塁
発行者　瓜谷 綱延
発行所　株式会社文芸社
〒160-0022　東京都新宿区新宿1－10－1
電話03-5369-3060（編集）
03-5369-2299（販売）
振替00190-8-728265

印刷所　株式会社平河工業社

ISBN4-8355-4214-2 C0093